U0137832

[法]吉塞勒·富尼耶 著

# 隐 衷

方颂华 译

湖南文艺出版社

图书在版编目（CIP）数据

隐衷/（法）吉塞勒·富尼耶著；方颂华译. —长沙：湖南文艺出版社，2024.3
ISBN 978-7-5726-1277-0

Ⅰ.①隐… Ⅱ.①吉… ②方… Ⅲ.①长篇小说-法国-现代 Ⅳ.①I565.45

中国国家版本馆 CIP 数据核字（2023）第 218412 号

著作权合同图字：18-2023-220

# 隐衷

**YINZHONG**

著　　者：[法]吉塞勒·富尼耶
译　　者：方颂华
出 版 人：陈新文　　　　责任编辑：唐　明　张　璐
特约编辑：陈美洁　　　　装帧设计：CANTONBON
出版发行：湖南文艺出版社
印　　刷：长沙超峰印刷有限公司
经　　销：新华书店
开　　本：787 mm×1092 mm　1/32
印　　张：4.5
字　　数：72 千字
版　　次：2024 年 3 月第 1 版
印　　次：2024 年 3 月第 1 次印刷
书　　号：ISBN 978-7-5726-1277-0
定　　价：27.00 元

（如有印装质量问题，请与本社出版科 0731-85983015 联系调换）

# 隐 衷

GISÈLE FOURNIER

## NON-DITS

---

ⓒ 2000 by Les Éditions de Minuit

根据午夜出版社 2000 年法文版翻译

并获中文版出版授权

Cet ouvrage a bénéficié du soutien des Programmes

d'aide à la publication de l'Institut français.

本书获得法国对外文教局版税资助计划的支持。

我们每个人心中都有座挥之不去的沃尔夫瑟格庄园，我们想让它消亡，以此来拯救自己，我们想把它记录在纸上，以此来毁灭它，我们想让它毁灭，想让它消亡。但大多数情况是，我们并没有足够的力量来消灭它。但或许这一刻现在到了。

——托马斯·伯恩哈德

我不知道是哪根线把我又拉回到这里。要是真有这么一根线，它也是看不出来的。而且我不明白还能有什么意义。一片荒野。一个如今已经废弃的乡村。根本没有人在乎。除非是曾在这里生活过的人。

我把车停在椴树下，熄了火，一开始，我一点动静也没听到。一片寂静，让人感到凝重，让人透不过气来，如同慵懒的八月夏日午后闷热的空气。惊动我的是一股稻草的味道。呛人的、黏黏的灰尘，带着点麝香的气味。混在一起的，还有甜得发腻的花香，属于从树上落下来的一些淡黄色小花。接着，是马蜂嗡嗡的振翅声，蝈蝈吱吱的鸣叫声。远处，从另一侧山坡上，传来了低沉的喊叫声，还有犬吠声。一辆卡车艰难地在坡道上爬行。猛然间，所有那些淡忘了的声音又在我耳边回响起来。它们是如此鲜活，又是如此清晰，我当即就意识到，这些年来，我只是在刻意回避它们。我打开车门。一只苍蝇晃晃悠悠地飞了进来。我的裙子紧紧贴在大腿后侧。树莓上结着些桑果，颗颗饱满，果色灰黑。我弯下腰。但弯到一半就停了下来。我关上车门。静悄悄地关上。我握住已经开裂的木栅栏，朝我身体这一侧拉了一下。栅栏吱吱呀呀地开了，一团灰蓝色、已经发硬的青苔在我指间化成碎末。一只蜥蜴溜了出来，接着消失在干垒石墙内。我穿过草地。胡桃木还在老地方。高高的草丛盖着一条再也看不出来的旧路。炫目的光影中，散落着几朵野花，使这荒废良久的地方更显凄凉。我在这凝固的空气中向前走去。我来到了那片果树林前。老苹果树，老梨树，一根根枝丫都已干枯，仿佛随时就会断裂。我想起了果实坠地的声音，想起了那酸酸的味道，还有刚吐出来的果核的样子。一阵风吹来，树叶随风摇晃。我听到了一个声音。一种摩擦的声音，非常低沉，但很有节奏。树丛中有架临时搭出来的秋千。秋千挂在一个拴牛的架子上，这是个由木条和铁片搭成的架子，很早以前，农庄里的人就在这儿给牛打蹄铁。一个小姑娘。她正在秋千上荡来荡去。非常专心。长裙的裙摆时起时落。她的两条腿露了出来，运动短裤在腿上留下了白色的印痕，印痕下方的皮肤泛出淡淡的棕褐色。我喊了她一声。她转过头来。她长着一张阴郁的面庞。我十二岁。或是十三岁。为什么穿的是这条长裙？这天是个节日吗？草地上传来了一阵脚步声。我一边继续在秋千上荡着，一边扭头去看。是托马。他正朝我走来。他的右手拿着把铁锹，左手搭在布帽那过短的帽檐下，遮住眼前的阳光。

"玛蒂尔德！玛……蒂……尔……德！"

他向我打了个手势。我没有理他。我把头转回来向前看。我听到他越走越近的声音。他那件蓝色斜纹布的外套敞开着，露出了里面已经浸湿的汗衫，脖根处，一团黑毛若隐若现。他把秋千定住。弯下腰。轻声地说了点什么。玛蒂尔德露出了微笑。不由自主地，他开始用自己空下来的那只手抚摸起她的大腿。她沉下脸。她把裙子放下来，站起身。一跃而起。托马掏出他的手帕。摘下帽子。擦起了额头。他笑了起来。

我看着她渐渐走远。向屋子走去。步履缓慢。不过，从她背部和双腿的动作来看，她还是保持着一定的克制。要是她控制不了自己，她应该会跑起来的。她没有转身。瞧都没瞧那个还留在原地的男人。一脸窘迫的托马收住了笑声。他动作熟练、不慌不忙地卸下了秋千，将绳子一圈圈套在座板上，然后把座板夹在了腋下。他低着头，开始朝屋子走去。他小心地循着路上已有的足迹往前走，以免踏到别处的草。

我停在原处，看着他们。一动不动。甚至忘记了呼吸。天空仿佛成了只烤箱。空气也凝固不动。远处，传来了低沉的一声响。我依旧在原地，保持着先前的姿势，沉浸在这夏日午后的颓唐中。我上这儿来究竟是要找什么呢。我想往回走。上车。结束这段插曲。还来得及。可是，我又走上了向前的路，路上的草现在已变得稀疏了。长满青苔的老樱桃树树干已经开裂。它的一根树枝横着贴在矮墙上面。我继续走着。我来到了杂物棚旁的那棵大橡树边。树后面是谷仓。谷仓的门有一扇是虚掩着的。我没有把门推开。也没有朝里面看。

我绕过了谷仓。屋子就在小路的尽头，坡度比这里略低。我的脑海中浮现出那紧闭的百叶窗，阳光透过窗户依然照了进来。一道道光影打在地板上，打在墙面。这静谧无声的一幕。蕾阿阿姨躺在那把老摇椅里，膝盖上摊着本翻开的书，她应该正在打瞌睡。卡米耶神情茫然，她的针线盒摆在身边，应该在胡思乱想着些什么。

这湿气。空气中还在飘着那甜腻腻的味道。它与这里的人已融为一体、密不可分。时而它会让我感到恶心难受。就像灰尘一样，暑气越久，就积得越多。虽然看不见也摸不着，但它会紧紧地贴在你的身体上，并深深钻进你的喉咙。大家都在等着下雨。雨终于落下来后，眼前的景象全都变得朦胧起来。板岩屋顶，花岗石墙面，院子里的大石块，都显得更加灰蒙蒙的。不过，渐渐地，在这湿漉漉的灰色画面中，开始混入了树木的灰绿色调。整个乡间沐浴在一片灰白的暗光中。各种声音都变得微弱。水一滴滴打在李树树桩左下方那间棚子的铁皮上，只有这声音被映衬得格外清晰，让人听得心烦意乱。这是种很有节律的敲打声，它会几天几夜持续不断，纠缠不休。

我努力地回想着，托马当时到底对我说了些什么，才会让我如此闪避。托马。我再也没见过他了。他应该回来。

我来的时候，这儿什么都没有了。只剩下一条狗、几只鸡、一些兔子，还有四头瘦得皮包骨的可怜的奶牛，总要等隔壁农场的那个男孩想起来，才会有人来给它们挤奶。一片荒芜的田地。一间间废弃的棚舍仓房。屋子本身倒还干净，但也无人操持打理。我还记得，屋顶上到处都漏水，地板上全是窟窿，窗户也关不严实。甚至灯泡烧坏了都没人换。这里本是这一带最大的农场，可现在已完全衰败了。

　　每一次来，这里萧条的景象都会让我感到难受，情况慢慢地变得越来越糟，势头难以扭转。两个女人对此却并不担心。我谈起这里破败混乱的话题，蕾阿听了后目光炯炯地看了我一眼。接着她又低下了头，但我看得很真切，她是带着笑意的。后一次来的时候，我又跟她旧话重提。但并没有起到什么效果。我真不明白她们为什么这么固执，任凭局面不断恶化。我喜欢这个地方。我在这里度过了自己的童年。我恨她们，因为我觉得她们太自私。她们

8

安于平静的生活，家道的没落她们并不在意，实际上，只要肯干活儿，再投入点钱，就有可能重现往日的欣欣向荣。可她们宁愿放任这片土地死去，宁愿只依靠父亲的遗产过活。她们什么活儿也不干。最多做点儿针线活吧。此外就是修剪修剪花草。蕾阿喜欢弹钢琴、读书。卡米耶爱绣花。总之，她们有事情打发时间。

我把这一切全改变了。我让农场又有了生机。一点一滴逐步改变。一段漫长的、艰难的时期。不过，一件件事能重回原有的秩序，从来就不该失去的秩序，我还是很开心的。但要是跳出来看问题，我觉得这里面还存在别的因素。这件事仿佛是我对自己的一次挑战。一场赌局。和自己的赌局。也是和别人的赌局。或许，还是一种报复。我又回到了这片土地。并几乎成了它的主人。从此，一块砖一片瓦，一点点把过去的一切恢复起来，重建起来，就成了我为自己设定的目标。所以，我也不在乎要投入多少时间。天蒙蒙亮我就起床，有时甚至更早。我还记得那些冬日的清晨，我在黑暗中摸索起床，摞在床边的衣服全冻得硬邦邦的。厨房里还没生火。窗户上有时会贴着霜花。窗玻璃上一片雾气，在月色下，渗进来一道苍白的、轻轻摇摆的微光。

我实现了自己的目标。凭着我的努力工

作。繁重的工作。因为我没有钱。而她们的态度呢——"不，托马，我们不会为您的计划投一分钱。"这是卡米耶的表态。

蕾阿接着又说："这是不可能的，托马，一开始我们就对您说过了。这事我们信不过。偶然性太强了。再说……还是把话说清楚些吧……我们看不出办成了又有什么用。像现在这样，一切就挺好的啊。"

我很恼火。伤心。一开始我请不到任何人帮我。直到后来，附近几个村子的人看明白我要做什么以后，我才总算有了帮手。我招了几个人，为他们提供伙食，有时还会找张床供他们休息。慢慢地，银行里的人也开始信任我了。他们贷给我一点钱，于是我可以给我的帮手们支付薪水，再去购置牲口、工具和机器。我把小麦、燕麦和苜蓿的种子重新撒播下去。我整修了谷仓、牲口棚，还有屋子。于是，这座农场现在又变回了父辈时的模样，实际上比那时候还要好，因为我当机立断，让它走上了现代化的道路。这是种能产生收益、持续运转的经营模式。随着牲口的数量越来越多，谷物和奶的销量也越来越高。这还不包括别人登门求购的各类家禽。

不过，我并没有一丝一毫的满足感。我看着自己的周围，尽管我种下了这么多棵树，但映入我眼帘的只有荒漠和废墟。现在，我已经明白了，我不会留下任何属于我的印迹。甚至一点痕迹也留不下来。这是片冷漠的土地，它将永远对我保持敌意。就像住在这幢屋子里的那两个女人一样。我是个外人。是棵永远也无法嫁接成功的树。

一开始，我就感觉到了蕾阿的敌意。她那强作的笑颜。她那冷酷的目光。还有她冲我说话时的腔调——"可是，托马，您现在就是在您自己的家!"

我安顿下来以后，过了几个月，她又用上了这样的口气："当然了，托马，您想干什么就干什么。现在您是在您自己的家!"

这敌意还是有节制的。因为这会让她自己也不痛快。每次我从田地或猪圈回来时，她总不会忘了和我打招呼。盘问我。她那锐利的目光在我身上扫来扫去。我到底用了哪些办法，又取得了怎样的效果，她看上去都很好奇。她会和我一起讨论我所采用的新方法，她的见识令我颇为惊讶。我常想，只要稍做调整，我们肯定可以相处得很融洽的。但我们之间总是有种距离。虽然并不太清楚是怎么回事，但我能感受到，她不喜欢我。

起先，我觉得她是恨我娶了卡米耶。恨我从她那儿抢走了她的妹妹。恨我闯入了她们的

11

生活。的确，卡米耶人还在这儿，还是和她生活在一起，但毕竟不同以往了。多了一个人。一个外人。不过，很快我就产生了一种挥之不去的感觉，尽管我出了这么多的力——或许恰恰就是因为我出了这么多的力——她还是对我怀有某种蔑视。不管怎么说，我终究是从前在这里干活的佃农的儿子。何况这里所有人都对这桩婚事表示惊讶。但事情现在已经成这样了，这让我感到非常困惑。要是和她作对，其实根本为难不了她——她把持了一切。每天的食谱是由她决定的，上门做家务、烧饭的小时工是由她来指挥的，账目也是由她来管理的……卡米耶根本不可能反对蕾阿的意见。因为蕾阿的威信对卡米耶远不是蕾阿独断专行这么简单，也远不能用长幼尊卑的区别来解释。起初，我把这种超乎寻常的被动姿态——或许我该说成是俯首帖耳的屈从姿态——归结成父母先后去世后两姐妹之间形成的一种特殊关系。当时卡米耶刚刚成年，所有事情都是由蕾阿打理的。不过我的这个假设并不成立。因为丽莎来这儿的时候，态度也并没有什么两样。两姐妹看起来都有些害怕她们的长姐。弄得好像只要蕾阿一出现，她们就顿时能感受到威胁。特别是丽莎的反应很令人惊讶，毕竟她已经远离了这个屋子，远离了这种生活。当年，丽莎等丧事结束就收拾好自己的东西，她说，她感到窒息，她不能再在这儿生活下去了，不能再这样与世隔离地生活下去了。她只在夏天回来，与莱昂斯一起回来。丽莎和莱昂斯。很不般配的一对。不光是年纪的问题。还有性格，完全不同的甚至可以说是相互对立的两种性格。为人处事的方式迥然不同。天长日久，这种矛盾愈发明显。还有玛蒂尔德……一边是性格活跃、说话滔滔不绝、把什么事都看得很简单的母亲，一边是慢条斯理、谨言慎行、眼里只有自己的父亲，她的生活就夹在这两人当中。她是个不爱说话的小姑娘，总是在一旁看着，似乎还在做自己的评判，偶尔她会露出微笑，神情放松，充满自信，但转瞬间，她又会把自己封闭起来，然后逃离众人，弄得大家不明所以。

曾有过那么一段短暂的时间，我以为我的处境会得到改善。蕾阿的身上出现了某种松动。一种非常轻微也非常不起眼的变化。她开始对我表现出更多的关注，神情也更为和蔼。可能是时间的作用吧，习惯成自然……她对我说起自己的事，说起父母双亡时她经历的那段艰难时光，她还和我提到了丽莎、莱昂斯和玛蒂尔德。我觉得，我终于要融入这个家了。可不久后，一切又变回到从前。我又回到了原来的位置——一个来这里干活儿的、让农场运转起来的外人。我并不需要她向我表示感谢，也不需要她为了那些她其实根本不关心的事情感激我。不需要。我所需要的，只是她能够意识到我的存在。

现在，我明白了，时间布下了一张网。或许是时间，又或许是别的东西。一根看不见却坚实有力的线在牵拉。有时候，我的脑中也掠过一丝疑虑，是否我本人也为此助过一臂之力。可是一段一段的日子混杂在一起，分不清先后。就像一个个从我眼前闪过的季节。一个过去又是一个。但哪一个都不曾为我留下过什么。残存的只是一片模糊不清的回忆。既遥远，又含混，仿佛是多年前读过的一本书，印象早已模糊。

真热啊。一种浑身发黏的热。令人窒息。我关上了百叶窗。可阳光还是透过缝隙渗了进来。我开始数到底有几道光纹。墙上有。床上也有。室内的空间被一条条地均分开来。但有件我想不通的怪事，最后的那道光纹从队列里跳了出来。它歪歪扭扭地改变了方向，接着很快不见踪迹。万籁俱寂。时间也停滞了。唯有这些在不知不觉中变换位置的光影可以证明，时间还在流逝。这一个个仿佛静止不动的午后。起初，我觉得我得弄几条大帘子。要么就是普通的窗帘。厚窗帘。不过，当初在那儿的时候，这件事就让我有些犯愁。首先，几乎可以说，这阳光能让人心情开朗。其次，它是一道飘忽不定却又非常执着的光芒，它照进了这片自我封闭的陷阱。照进了这片由我一手创造的环境。这片我曾真心期盼却又最终错过的环境。不。不是这么回事。我没有期盼过。哦，犯不着折磨自己了，现在已经太迟了。大帘子的事也一样，我怕现在也太迟了。刚来的时候

15

我就该不由分说地挂上。这些房间。全都一样。根本没什么能让我们有所区分的地方，最多有一束凋零的花，或者一张发黄的旧照片。窗帘，我就是该安上的。一声不响地安上。可谁能帮我去弄窗帘呢？现在，连玛蒂尔德也不来了。可是，在她小时候，在她每年夏天到这儿的时候，她总会缠着我不放。蕾阿阿姨，来吧，我们去散散步吧……蕾阿阿姨，再为我弹一遍那首曲子吧，就是那首，你清楚的，开头是这样的……然后她还会照着曲调哼唱起来。尽管如此，我并不喜欢她。我意思不是说我本该喜欢她。她是个活生生的写照，反衬出我的失败。反衬出我失去的一切，在那件事发生之前就已失去的一切。但她来这里看我的时候，我挺愉快的。只是她每次来，也会让我提心吊胆。我总是担心，假如她盘问我，我该怎么回答呢。不过她从来不提这些。我一直怀疑她是不是已经知道了。是不是已经猜出来了。要么就是……但谁会对她说呢？托马自然不会。他应该对她有深深的负疚感，不过我并不认为，他当时有意要伤害她。再说，那些众所周知的事情，他应该是非常想掩盖的。卡米耶也不会透露的，她的自尊心太强了。不得不说，她的角色其实挺尴尬的。至于丽莎，有时候，我确实很担心。她太轻浮了。不过，不会的，我认为她不会说的。她反倒会非常小心。至少当着莱昂斯的面会非常小心。其实话说回来，我敢肯定地说，她从来都没弄明白过。她从不会有任何疑问，她确信，事情看起来是怎样实际上就是怎样。她很美。也很有魅力。不得不承认她身上有某种特别的东西。尤其是在她年轻的时候，那个时候……否则，莱昂斯也不会受她的摆布啊，显而易见。莱昂斯。真是滑稽啊。已经如此遥远了。然而，这种痛始终存在，它就在这里，在我的胸中。

真热。空气让人感到压抑。让人无法呼吸。一丝风都没有。所有人都知道的事。她要是从没意识到，那倒真怪了。当然，不会有人明说的。除了卡米耶，闹过那么一次。但这事还是能感觉到的。不可能不注意的。我躺了下来。阳光略有些偏转。远处传来了一声喊叫。别人以为我在打瞌睡。其实并非如此。我已经很久没有真正睡过觉了。就算入夜也不行。只能算半睡半醒，时而做些噩梦，时而完全清醒，每经历一次我都希望能到此为止。这一个个无眠之夜仿佛组成了一个巨大的黑洞。翻来覆去地回想。试着给往事换个结局。不，这不是内疚。我不这么认为。这只是一种痛苦。事情一件件来得太快，超出了我掌控的范围，这种无能为力的感觉让我感到痛苦。有那么一刻，一切都处于失控脱轨的状态。这首曲子我本是编排的作者，却又变回成演奏的人，尽管曲子我可以信手弹出，但对我来说，它的节奏实在太快了。

有些响动。但很轻微。近处，还有扇百叶窗在砰砰作响。我从床上起来。放平枕头。铺好床罩。仔仔细细，认认真真。褪色的玫瑰红。跟毯子的花纹真是绝配。这里的东西都丑得要命。

"当然了，我向你们保证，这里棒极了。我会过得很好的。"

很快，我就看到了几块霉斑，天花板上有裂缝，地毯也磨破了。

"不，不，这里绝对是个让人喜欢的地方。非常非常好。还有外面的这些大树，风景实在是太美了。"

听到门关上、插销插起来的声音时，我才明白，我再也回不到那幢屋子里了。准备来这儿的时候，我恍若梦游，事情仿佛与我无关，要来的人仿佛不是我。而且，当时我确实也不在乎。可等我听到门关上、插销插起来的声音，我才明白，一切都结束了。在车上的时候，他们让我坐在前排，可能是照顾我的年纪吧。他们一路上都在交谈，仿佛什么事也没发生过。有时，他们会和我说说话，神情看起来轻松愉快，他们说，他们会来接我回去的。我知道这不是真的。我知道，他们会把屋子封了。让屋子废弃。他们不停地说着，而我开始感到迷惘。我不清楚，离开那个该死的地方，我究竟会不会开心。或许我会有几分伤感吧，因为从今往后，就再也没有任何东西能让我和他维持联系了。

到这儿的时候，夜色已经初降。几道微弱的光星星点点地打在玻璃窗上。或蓝，或灰，还能生出些图案，在窗户上停留好几秒钟。有几扇窗是开着的。我们从车上下来的时候，有几个人一直看着我们。我将眼睛紧紧地盯住地面。我不想看这些光秃秃的脑袋，布满皱纹的脸，还有牙齿残缺不齐的嘴巴。车子的后备箱终于清空了。箱子和包堆在一起，靠在了墙边。突然间，我迫不及待地想看他们赶紧走。

"当然了，明天我会把这些东西全收拾好的。我有时间。"

他们也没坚持。

我走到窗户旁边。推开百叶窗。山毛榉的树影拉得很长。

时间，我很清楚，我将会有大把的时间，甚至多得不知道来干什么。何况，也几乎没什么东西要收拾。无非是些衣服、洗漱用品，还有几本书。

"您的钢琴，蕾阿，您可千万别再想着了！再说，我也问过了。我知道，您想把钢琴带过来。但这不可能。太占地方了。而且也太吵了。"

太吵了！托马，他一副满意的架势。卡米耶呢，她则带着种夸张的神情，极为认真地注视着地板。我已经看清楚了，要是把衣柜挪开，再把桌子推过去一点，从窗户到卫生间的门之间，就能腾出非常充分的空间。

我已经听到刀叉撞击的叮当声，还有餐盘放到条纹树脂桌面上的哐啷声。

我只收到过几封信。前后的间隔也非常久。后来就毫无音信了。其实，后面的信我连看都没看过。现在只有玛蒂尔德会来，偶尔来一趟。

太阳转到了那排杉树组成的黑线后面。

这里的晚饭吃得很早。这一顿顿气氛沉闷的饭啊，老人们都是细嚼慢咽，吃起来无休无止，仿佛在咀嚼各自的往事……从餐桌上起身后，大家都不知道剩下的时间能用来干什么。他们有的在电视机前昏昏睡去。有的会打牌。我总是上楼回到自己的卧室。我打开一本乐谱。在自己的脑中演奏乐曲。有时，我会拿本书看。但在我的内心深处，仿佛出现了一片冷酷的荒原。仿佛有扇再也不愿开启的门。我静候着睡意来临。等我眼皮开始发沉的时候，我就从椅子上起身。然后上床。我已经准备好迎接黑夜。要做的只有最后一步了。躺平。放稳枕头。盖上被子。可是，灯刚一熄灭，他们就重新出现了。所有人都在。看来他们是来向我讨债了。

季节周而复始地更替。在这一连串事件中，总有种东西让我觉得不舒服。我已经不再喜欢这个地方了。一天早上，我出门到背斜谷去。我要去砍些柴火。我正迎着二月的刺目阳光向前走时，突然间，我也不清楚是怎么回事，停下了脚步，环顾起四周。远处的群山依然是原来的模样，山势陡峭，山顶覆盖着白雪。屋子也没有变化，还是在那片高地上，高地与一片山谷垂直相交，而这片山谷的位置，现在与其说能看得到，还不如说只能猜得出。树也是同样的树，光秃秃的枝丫杂乱无章地堆在一起。但我模模糊糊地产生了一种感觉，我觉得，我和眼前这片景观的那条纽带断了。仿佛有什么东西散开了，我被只身抛了下来。抛到了外面。这是一种突如其来的隔膜。应该不会的，我一边用脚踢开地上的一根枯枝，一边这样想着，事情总归不会成这个样子，不会一点预警都没有。肯定有过一些先兆。一团化开的雪落了下来，钻到我的衣领和皮肤之间。我打了个寒战。这些征兆，我应该是完全忽视了。因为我一直不切实际地期待自己能被接纳。因为我不肯接受我的预感。一开始就有的预感。不过，现在，我总算能向自己坦白了。我无非就是个入赘的人，这就是我的身份。一个闯进来的外人。这些土地永远与我无关。更何况，还有莱昂斯呢。他才拥有决定权。说到底，他把我们全掌控在他的手心了。

我重新往前走了起来。在这还无人踩踏过的雪地里，我深一脚浅一脚地走着。征兆。当然，我一边想一边耸肩，总归还是有的。我想起了开工前的那个冬天，想起了那几个月的寒冷。能取暖的设备，全加起来，也就是炉灶和厨房里的一个旧火炉。是习惯问题，我当时这样想。她们的父亲在世时就以生活清苦闻名。一方面是为了节约，另一方面是不喜欢置备多余的东西。烧火炉的时候，烟囱一开始排烟，就会发出可怕的声音。大家围在火边，三个人挤在一起，脸和膝盖都热得发烫。可背上还是冰凉的。大家就这样坐着不动。等加热过的砖把被子焐热。不过，卡米耶总是抢在我的前面，很快就跑上了楼。她把被子裹在身上，躺在非常靠床沿的位置。但每次我开灯时，我都看得很真切，她并没有睡。她的眼睛虽然闭着，可她的呼吸并不均匀。于是我和她说话。

23

她硬是不肯把眼睛睁开。身体僵硬。有时，她还会唉声叹气，弄得好像是我吵醒了她。随后，她又会猛地转过身，背朝着我。我一声不响地钻上床。她有时候还会一整夜翻来覆去地动个不休。只有在这个时候，我们的身体才会有轻微的接触。

突然，我脚底打了一下滑。我费尽力气勉强抓住一根刺柏的枝条。几滴血珠滴了下来。一只兔子从一片矮树丛里跳了出来，紧接着又跑开了。

还有气味的事。味道虽然不浓，但总是弄不掉。每次从牲口棚回来我都会洗澡，可这根本无济于事，我先在厨房水池的一角冲一遍，过一会儿又去洗淋浴，但任凭我再怎么擦、怎么挠、怎么清，都不起作用，我就是无法摆脱这种气味。但我真不愿看到每次我一走近，两姐妹就耸起鼻子的模样。

比方说那天吧，我在牲口棚里换褥草时被卡米耶看见了，当时我手上正拿着把干草叉，两只脚埋在脏兮兮的草堆里，卡米耶看我的眼神既惊讶又不屑，不过我也不愿太在意这些。牲口棚的门当时是敞开的。我抬了下头，或许是想擦掉正在往下淌的汗水吧。就在这一刻，我看到了她。她愣住了。她一直盯着我看。几条狗兴冲冲地蹦了出来。她把狗往回赶。但狗

24

坚持向前跑。她不断地后退。同时从头到脚地打量着我。她的目光狠狠地落在了我的手上，我的靴子上，还有我那蓝色的工作服上。接着，她又重新开始盯着我看。然后，她一言不发地把头扭了过去。不过，她的这个动作做得并不利索，于是我隐约看到，她的嘴正紧紧噘着，脸上是一副厌恶的神情。

正是从这一天起，卡米耶开始严禁狗进入屋子。玛蒂尔德哭了。几天都不肯吃饭。其实玛蒂尔德每次进牲口棚时都是踮着脚尖的。而且她也只是站在门口。但她对狗的感情很让人吃惊。有点超乎寻常。不过，这些狗总爱在脏兮兮的草堆里用爪子扒拉，用嘴乱拱，常常弄得浑身是泥。我总是把它们赶得远远的。但只要我一转身，它们就会回来。玛蒂尔德认为我们没把它们喂饱。尽管餐桌上很少有肉，但只要一有，她总会偷走几块。不过分量太少，狗会为此打作一团。于是玛蒂尔德就会轻声呜咽。她一边哽咽一边劝架。她轻轻地抚摸它们。除了这件事之外，我真的从没见过她哭。她是个冷静的、爱思考的小姑娘。她总是在读书，读了后就冒出一堆想法，提出一堆不恰当的问题。她所关心的那些事，根本不符合她那个年纪。她继承了莱昂斯那糟糕的性格——阴郁，焦虑，多疑。

我突然觉得，我没心思再去砍柴了。于是我转身往回走。雪又下了起来，但我来时的脚印还清晰可辨。那种冷漠，很快我就体会到了。在我辛苦劳作的那些日子里，卡米耶从没说过一句鼓励或宽慰的话。每个晚上，她都无话可说。从不谈她的规划，也从不表明她的愿望。根本没有体现出任何一点理解，任何一点默契。后来，我觉得这种漠不关心更是演变成了一种无名的怨恨，而我完全不明白这怨恨代表着什么，又源自何处。有一次我趁着蕾阿不在，便向她盘问起缘由。

　　"没有的事，托马。你弄错了。什么事也没发生过。绝对没有。"

　　我也无法对她明说，她这样我就是觉得不舒服。所谓的什么事也没发生过。所谓的绝对没有。

　　我觉得一切就是由此开始。和丽莎的故事。直到最后的结果。直到那件事把我们所有人都毁了。

　　不过，后来我明白了，这么想实在是忽视了当时将我吞噬的那种欲望。长久以来，我一直想回到这里。正是这个想法引我走上了歧途。因为我喜欢它，喜欢这片土地，真的喜欢。但是，我渐渐产生了一种臆想，我以为，要是我能拥有这片土地，我对它的感情会更深。至少，当时我是这样想的。此外，我现在还产生了一种挥之不去的念头，我觉得，当时有种骄傲的复仇情绪在推动我，它并非只是那无法控制的欲望的衍生情绪，两者之间实际上是一种不可分割的互联关系。娶了卡米耶，我就补偿了我父亲的一生，他那一辈子，相当大一部分时间被用来为她们一家人服务，被用来保证她们一家人生活的富足。娶了卡米耶，我还可以将我的自卑感一笔勾销，从童年起，这种感觉就一直如烙印般打在我的身上，令我痛苦不堪。所以，我其实一直在懵懵懂懂间有意追求一种地位，但直到真的获得这个地位时，我都没有意识到这一点。我当时没有看出来，我所做的一切，无非是在小心翼翼地演奏一首为我自己谱写的乐曲。

我慢慢地下坡，朝屋子走去。透过树丛，我只看得到淡灰色的屋顶，在阳光下闪闪发亮。风向标一动不动，已经生锈了。原先的路现在成了时断时续的小道，边上布满了荨麻。石头丛中竖着一簇簇枯黄的草。一根刺藤挂住了我的裙子。我俯下身去。但我的手指很笨拙，没办法把刺藤弄开。我用力一拉。衣服给扯破了。我继续往前走，勉勉强强地走着——和过去一样，我又在这不平的路面上崴了一下。牲口棚大门紧闭，不过，其中有一扇门上面安着个顶窗，窗子是虚掩着的。有个铰链坏了。里面阴沉沉的。我愣了一下。因为我突然想起来，刚才我在谷仓那儿，并没有看到门上有同样的顶窗。但我知道，过去是有的。又或者窗子被关起来了。我转身上坡走到谷仓边。没有。窗子不见了。而且，走到近处能清楚地看出，过去安顶窗的那扇门现在显得更新一点。没那么多蛀痕。漆也掉得少些。我推开了虚掩的那扇门。干草垛。几捆草料。四处堆放的工具。空气潮湿，出奇地闷热，一股呛人的味道直往喉咙里钻。在一个布满灰尘的角落里，我看到了那张工作台。此刻我意识到，我一直以来就很清楚，我终究会重回这里的。这些年来，这一信念一直深埋在我的内心，从不曾清晰地显露。它始终在等待属于自己的时刻，直到此时才展现出来。我想搞清楚到底是什么事起到了松动的效果。但我全然不得其解。我从这附近路过，然后来到这里，这根本算不上理由。以前我也这么来过几次，但从来没产生过什么效果，只是脑子里多了个想急着抹去的念头。或许，就是这么简单吧，时候到了。不过我的这种尝试是很荒唐的。回忆绝不可能填补往事里的空白。转身，离开，现在还来得及。但我并没有这么做，我停在原地，停在谷仓门外，双臂交叉，紧紧地贴在胸前，仿佛有阵冷风突然袭来。

那年夏天，我十六岁。当时是八月。百叶窗紧闭着，昏暗的光线让我看不了书。我拿起草帽和书出了门。我迟疑不决地在公路上走了几步。沥青已经发软了。太阳炙烤着草地，一股干草的气味迎面飘来。路肩上覆盖着一层厚厚的、浑浊的灰尘。整个乡间荒无人迹，山谷里浮上来的声音也显得那么轻微。远处，天空仿佛在晃个不停。时间过得特别慢，我沉浸在一种莫名的烦恼之中。突然，传来了"啪"的一声响，这响声打破了这个下午的乏闷。声音很短促。但很响亮。我本以为要来一场暴风雨了。可天色湛蓝，一种很醒目的蓝，带着金属般鲜亮的色泽，甚至有些刺眼。我继续往前走。步子比先前更慢。我的衣服贴在了身上。有几只狗在叫。我在小沟里采了几朵黄色的小花，开始往回走。我走进草地，坐在了胡桃树下。我读了几页书。我坐得很不舒服。我站起身。我感到自己仿佛被掏空了，极度疲乏。我走上了回家的路。我来到谷仓旁。顶窗开着。我不由自主地朝里面看了起来。于是，我看到了他。他倒在地上。靠着工作台。枪就在他的身边。我不知道我在那儿停留了多久，看了他多久。我也不知道我是不是喊了人。是不是尖叫过。

顶窗。他们把顶窗拆了。仿佛这样就可以掩盖莱昂斯的死。把这件事抹掉。不过，我知道，发生过的事是变不了的。

他们的说法是——一场意外。第二天，当地的报纸解释说，我父亲是想擦拭放在谷仓里的猎枪。枪里上了子弹。究竟子弹是前一季剩下来的，还是他本人装进去的，这就没法知道了，有待核实。一个不当心。子弹放了出来。一个不幸的故事。但也很普通，难道不是嘛。

但我父亲从不打猎。

我又走上了通往屋子的那条下坡路。一只绿啄木鸟正在啄一棵树的树干。我从井边走过。托马曾往这里面扔过几只猫。后来，那只惶惶不可终日的母猫总是躲躲藏藏的。只有我才能靠近它。屋子就在小路的尽头。那些老石头，黑乎乎地，紧紧地压在一起。整木做成的屋门紧闭着，板岩灰的色泽，一片斑驳。一楼有扇百叶窗被卸掉了。我想起了门槛上的那级台阶，一直是摇摇晃晃的。靠在正门外的那把长椅还摆在原处，它其实就是一根搭在两块大石头上的木板，现在已经开裂了。李树旁的那片树莓里，放着只生了锈、破了洞的旧盆。

自他去世后，已经过了三十年。起初，是撕心裂肺的痛。他的离去当然是一方面原因，但同时还因为存在着各种假设，各种问题。甚至还包括了某种罪恶感。一种让人痛苦不堪的折磨。随着时间的流逝才渐渐变淡。这并不是伤口的自然愈合，只是放弃理解后的平静。或者说，是出现一定程度的冷淡后带来的平静。既然这样，那我又来寻找什么。又为何要触动这尘封的往事。现在谁都不在了。除了蕾阿阿姨。但我做不到。那儿根本不能算是她的养老院。那儿只能算是……我也不知道该怎么说。有点冷酷无情。或许，还有点恶毒。我不会了

31

解到什么新的东西。这次回来，是件错事。何况我已经让他们做到，让我安静地生活。一份表面的平静。现在，他们就在这里。所有人都在。我听他们诉说。

我走出屋子时，天已经开始黑了。往西边看，橡树丛后面，沿着山脊线，一片深橙色的光芒渐趋暗淡。很快，它变成了淡紫色，随后又成了深紫色。最后彻底地消失了。远处的山坡上，有几个光点在晃动。时而，会出现一道耀眼的光，但只是一闪而过——汽车在转弯时车头的灯光。我坐在长椅上。椅子两边的石块都还是热的。

他们在屋里的交谈声传进了我的耳朵。尽管混杂着杯子碰到一起、餐盘撞来撞去的声音，但我还是感觉到了气氛的紧张。哦，只能算是勉强有那么一点感觉吧。无非是答话的语速有时显得过快，话里有一两个刻薄的词，语气突然变得生硬。

我闭上眼睛。不听他们的声音。但此时我听到了自己的心跳声。一种沉闷的声音。毫无规律。我感到害怕。毫无由头的害怕。因为我觉得我没有什么牵挂。我徒劳地寻觅。但什么也寻觅不到。没有任何能激励我前行的东西。

甚至也没有任何真正能让我驻足的东西。我处在一种得过且过的状态。这种状态能让人满意吗？不能。我永远都会说不能。可是，我过的就是这种日子。一种得过且过的生活，除了过日子本身，就没有其他任何目的了。

一阵窸窸窣窣的声音。应该是只猫。我本以为这儿很久都没有猫出没了。这里没人喜欢猫。除了玛蒂尔德和我。玛蒂尔德！我想叫她出来走走。但她正埋头看一本书。就像往常那样。对周围的一切不闻不问。我没敢打扰她。

我懒得再听他们的声音，我站起身。离开长椅。穿过院子朝公路走去。近旁的那些树，一棵棵贴在一起，组成了密密的、暗暗的一团阴影。

不，其实我真正不敢做的，是与她四目相对。一种迷茫的眼神。又或许是只关注自己的眼神。一种与外部世界的割裂。仿佛她已经知道，她必须靠自己来保护自己。不过，她其实什么事都不知道。一件具体的事都不知道。

这段时间，她一直在躲着我。远远地避开我。我觉得她变陌生了。又或许是因为我，我太封闭了，她觉得我像个陌生人。太冷淡。人又太老了。不过，尽管如此，我们俩谁都不会去和其他人套近乎。

我本希望我的女儿能是别的样子。那天，

我根本没有料到事情后来的进展与结果。再说，一件件事都是在不知不觉中发生的。慢慢地，情况发生了转变，超出了我的掌控。直到最终让我们无法脱身。然后又使牵连进来的那些人无法脱身。这些人卷入其中，却既不清楚根由，又不明白真相。为什么蕾阿不肯接受命运的安排呢……因为这才是问题的关键。其实我当时真的没有做任何决定。再说，这并不是要和她作对。为什么对那些实际上我做不了主的事，她如此执拗地要让我来承担责任呢。或许，要是她能接受，哪怕只是能勉强承受，事情也就大不相同了。因为这样的话，事情就不会背离原本就不该背离的轨道，最终重归其位。我好几次想和她谈一谈。我想告诉她，我错了。可是，这时她已经陷入了无可救药的境地，并对我产生了刻骨的怨恨，尽管在表面上，她还是通过若无其事的微笑来掩饰内心。这既是因为痛苦。也是出于骄傲。

我摸着黑，往树丛的深处走去。几声沙沙的响动。远处还传来了动物的叫声。

或许我的行为也和她差不多吧。或许我也躲在自己骄傲的堡垒里吧。因为实际上我很快就产生了一种预感，我做了件错事。某个根本就不存在的东西骗了我。但我没法告诉她。要是告诉她，那我只能毁掉就快完成的事。然后重回起点。承认我误入了歧途。以求得到原谅。很久之后的某一天，厨房里只有我和她两个人，这时我终于起了这样一个头："你知道，蕾阿，很久以来，我都想对你说……当时真的很不容易，不过……"

她立即以一种不容置疑的口气说道："不，莱昂斯。现在什么也不必说了。再没什么可说的了。"

我看到她眼中闪出了一道奇怪的光。她走进客厅。我听到她翻乐谱的声音。没过多久，我就听到，她开始弹起那首她过去弹过很多次的乐曲。这也是我最喜欢听的乐曲之一。可能是勃拉姆斯的吧。于是我明白了，她其实什么都没忘。但这时她开始用一种随便的甚至有点轻佻的方式弹了起来。我深感惊讶。曲调与原本的怀旧情绪完全不符。随后，节奏变得越来越快，最终化作了一场暴风骤雨。一种气急败坏的泄愤。猛然间我内心里产生了一种酸楚。我想出门走走。在从客厅敞开的房门前经过时，我朝里面瞄了一眼。她似乎也在偷偷看我。她一边继续弹，一边用头向我极尽嘲弄地打了个招呼。她的举动让我非常气恼。这时，玛蒂尔德红着脸、喘着气地跑进屋子，并问了一句："她弹得真好听啊，蕾阿阿姨……弹的是什么曲子啊？"

我不知怎么回答她，只是嘟嘟囔囔了几声。现在回想起来，我觉得，我当时甚至可能是粗暴地应付了她两句，说她不懂事，说她这样子会生病的。我并没有注意到，丽莎和托马正在花园里，他们肩并肩地蹲在草莓丛中，轻声谈话，时而还会扑哧地笑出声来。说得更准确些，我其实是注意到了。我看见了他们。但我并没感到惊讶。因为刚刚我明白了两件事。第一件事，蕾阿是可以变得恶毒的。一种既让人心寒又让人感到危险的恶毒。这是自尊受到伤害后的激化反应。或许，正是因为这样，这种恶毒已变得根深蒂固。第二件事，我之所以肯开口谈，是因为我知道，什么也改变不了了。自从玛蒂尔德一出世，一切都无法挽回了。

在黑暗中，我走到了路的岔口，看来我是走错路了。我绕了个圈——我又走回到公路旁边了。和平常一样，公路上非常荒凉。荒凉的路，笔直的路，从没有任何值得惊奇的地方。一只猫头鹰在叫。我好像听到了自己的名字。一声……两声……我没有回答。我再次钻进了树丛。此刻，月光照亮了林间的小路。也让树影显得更为阴暗。渐渐地，树林变成了高高的草地，以及带着潮气的、气味难闻的蕨类植物。我继续走，走进了小山沟。最后来到小溪边。我看不清水的颜色。我踏着木板走了过去。我从溪水的另一侧上了岸。后来，等万物都安静下来，沉睡起来，我才回去。不和他们碰面。这世界对我来说已变得无法忍受。或者说仅仅是他们让我无法忍受。仅仅是他们。又或者是和他们在一起时的我。

屋子就在这里，在我的眼前。荒废的整体。静谧无声。但它依然活着。气息尚存。屋子里的人当年的种种低语轻喃，依然在这里回响。那扇百叶窗被卸了后，现在只能看到一块裂开的窗玻璃竖在生锈的护栏后面。在半窗高的位置，三十年前的那面纱帘依然套在一根细长的、脏兮兮的白色塑料棍上。我从帘子上方往屋里看。客厅一片昏暗。屋子的正门是关着的。我把手伸到垫木板的一块大石头后面摸索。过去，屋门的钥匙就藏在这里。当然，这一次，他们知道，他们不会再回来了。其实说到底，我又能发现什么呢，我想，屋子里除了蜘蛛网以外，可能只有几只空荡荡的、晃晃悠悠的旧柜子吧……一只离我很近的蟋蟀在高声鸣叫。

是在他去世前的那年夏天，我才开始明白的。

那是个晚上。一个让人透不过气的晚上。尽管门窗大开，可一丝风都没有。也并不是暴风雨来临前的那种天气——刚黑下来的夜空非常清朗，放眼望去，四处散落着几颗星星。可是，在那些变得慢条斯理的动作中，在那些了无趣味的话语里，隐隐约约让人感觉到一种紧张的气氛。似乎很快就会发生什么事，打破这样的局面。

我父亲走出了屋子。尽管我拿书挡着脸，但我看得很清楚，他朝我这儿望了一下。我也看得出，他有些犹豫。但我不想就这么配合他，于是装作什么也没看见。我并不清楚到底是因为什么，可是，再像往年夏天那样，和他一起在晚上出门散步，讨论被我当时称作人生大事的话题，对我来说，已经变成一件非常困难甚至不可能的事了。那样的话题，在这个屋子里，只有他一个人会聊。托马，他只关心牲口的价格浮动到多少，谷子打了多少斤，或者是草料还够不够。至于那几个女人呢……我母亲，她通常在叽叽喳喳。她的话就像是一刻不停、混乱无序的连珠炮，别人只好用一只耳朵心不在焉地听，时而夹杂些象声词回应，但随着时间的推移，回应越来越少，到最后，听的人只好不耐烦地将她打断。蕾阿阿姨，她常会潜心研习乐谱。偶尔，她还会在钢琴上弹一曲。弹得真美。我让她教我，但教了没多久，她就失去了耐心。我不够专心，有一天，她没好气地这样说了一句，从她的语气中，我似乎还听出了一丝遗憾。至于卡米耶，她一向是什么话都不说。不绣花的时候，她的眼中就一片茫然。所以，也只有莱昂斯让我觉得可以接近，也只有和他在一起时，我才有话可说。但很奇怪的是，在这一年的夏天，这种关系断了。情况发生了改变。他变得心事重重，空闲的时间也少了很多。我觉得自己非常孤单，也因此深感苦恼。

这天晚上，蕾阿阿姨一边算账，一边安排一周的菜谱，与此同时，我母亲在洗碗，卡米耶则负责把洗好的碗碟擦拭干净。托马像往常那样，懒洋洋地靠在沙发上，眼神呆滞，抽着烟。总之，一切都和平常没什么两样。突然，卡米耶低声地发起了牢骚。她埋怨我母亲，说她把杯子放进水池的时候太用力了。所有人都愣住了。蕾阿阿姨把眼睛从她那堆收据里抬了起来，正准备弹烟灰的托马也停住了动作。至于我母亲，怔住的她一动不动地僵在那里，手也悬在了半空。过了一会儿，她猛地把一只杯子放进去，随着清脆的一声响，杯子碎了。她转身面朝着卡米耶，用刻薄的语气冲她说了一句，你最好先管好……我没明白她想说什么，因为恰恰就在这一刻，她把声调放低了。又或者是因为蕾阿阿姨在此时挪了下椅子，把她的声音盖住了。卡米耶顿时抽抽噎噎地哭了起来，并狂躁地脱下围裙扔到地上。她狠狠地摔门而去，我们只听见她快步冲上楼梯，猛地打开自己的房门，然后用力关上，力气大得让厨房餐桌上的灯都晃了几晃。我本以为托马会上楼去找她。但是没有。他唉声叹气地和我母亲说起了话。他说，卡米耶这段时间有点神经质，不必放在心上。我母亲则绷着个脸，说这保不准只是个开头，后面还有好戏上演呢。他说他不清楚，只有卡米耶本人能回答这个问题。是嘛，原来你们还继续……蕾阿阿姨猛地打断了我母亲的话，并对她说，赶紧把碗洗掉，要不然水都冷了。我转头朝她望去，只见她毫不掩饰地瞪着我。托马勉强地干笑了一声，然后让我去找我的父亲，因为天色已晚。我明白，我必须避开一会儿了。

外面已经黑了下来。但月亮尚未升起。只有几颗星星。刚走了几步，我就听到一个声音。我有些害怕。我回到屋子旁边，但屋里传来了高声的喊叫。于是，我只得穿过院子往外走。我大声喊了起来："莱昂斯！莱昂斯！"

他没有回答我。我在户外一动不动地站了一段时间，聆听着夜色下的各种声音。接着我便转身往回走。现在全都安静下来了。我在过道上遇见了蕾阿阿姨。她点了个提灯挂在门上，可能是为我父亲准备的吧。她笑也不笑地看着我，我向她道晚安时，她也只是勉强地应了我一声。

我睁着眼睛躺了好久。周围黑茫茫一片。我毫无睡意。因为我开始收集分散的碎片，然后把它们一点点串在一起。我想搞清楚，那些我觉得不对劲或者说不同寻常的状况，究竟是怎么回事。有天早上，我走进小山沟里。前一天夜里下了很大的一场雨。我本想到小溪旁玩泥巴。但热气此时已晒干了树上的枝丫，水分蒸发殆尽。我绕了一圈便开始往回走，此时我突然看到了卡米耶。她在我前面几米远的地方，正一动不动地趴在一片树篱前，聚精会神地透过厚厚的树叶往里看。我继续向前走，我觉得我那双橡胶靴子并没有发出什么声响，但她应该还是听到了我的动静，因为她突然转过身来。她两只眼睛红红的。我们俩照面时，她显得和我一样吃惊。她匆匆忙忙地走到我身边，让我别再往前走。她压低声音对我说，路上真的到处都是泥，我会滑倒的，会把身上弄脏的。她要带我到高处的一个小山坡上去，因为她在那儿看到一些很特别的花，她想让我看看。她知道我喜欢花。我们于是爬起坡来。她一路找着。她弯着腰，总是走到一半就折回来，然后换条路重走。她最终也没找到那些花。我那时刚十岁。我信了她的话。过了几天，我们所有人都去了海边。除了莱昂斯。他想留下来。他说，他要把旧纸堆整理整理。旅途非常辛苦。太热了。卡米耶、我母亲和我一起挤在后排。尽管车窗大开，但衣服还是紧紧地贴到了身上。一直等到车开到目的地，我们才感觉到一点凉爽。我们所有人都很疲乏，吃完中饭，我就躺在海滩上睡着了。醒来时，托马和我的母亲不见了。蕾阿阿姨在一把遮阳伞下看书。卡米耶则心不在焉地捧起一把沙子，接着又让沙子从指缝间一点点流走。时而她会抬起头，从海岸到岩礁仔仔细细地观察一遍，然后重新开始玩沙子。我感到浑身发烫，那些下水的人七嘴八舌地叫个不停，把我吵得晕乎乎的。我站起身，来到附近几棵松树的树荫下，就在这时，我听见了我母亲那尖细的笑声，声音离我很近。我转过身，只见他们两人走了过来。她的脸红通通的，头发上还粘着些松针。托马则是一副神情恍惚的模样。他小心翼翼地避开我们的目光。我母亲描述起他们在岸边小径上美妙的散步。卡米耶当即站起身，一言不发地走远了。我追到她身边，但她硬邦邦地冲我说了句，滚开！不知道为什么，我当时想到了莱昂斯，他非要一个人待在屋子里，整理一些谁也搞不清是什么的东西。

记忆开始不断地浮现出来。那些目光，那些窃窃私语，那些强压的笑声……这一切全都开始有了意义。突然间，我明白了，我的父亲为什么会变得如此孤僻，又为什么会变得日渐阴郁。可如果真是这样，他自然已知道内情。要是他知道内情，他又怎么会就这样接受呢？为什么他没有一把掐住我母亲的脖子，然后把她拖回我们自己的家呢？不，我应该是搞错了。但是，所有这些迹象……我又从头再想这些事情，想了好几遍，先猜想出结论，再试着去印证，最后我不得不承认，我什么也没有搞懂。真的什么也没有。

最终我只是做了个决定。这件事我不能和莱昂斯明谈。但我一定要去探探他的口风。我要去试一试。然后我就能看懂了。这个决定让我踏实下来，我进入了梦乡。

过了很长一段时间，一个声音突然传进了我的耳朵，将我惊醒。是从过道那儿传过来的。是脚步声。莱昂斯的脚步声。我卧室的门被打开了，然后又被关上了。声音很轻。百叶窗后，一道模糊的光透了进来。

那天晚上，我实在是受不了了。我实在控制不住自己了。当着我的面，托马就这样不停地看她，盯着她的一举一动。而她呢，她当然也更来劲儿了，不停地搔首弄姿。这真是惹火了我。让我恼怒不已。因为这根本不是吃醋。他们这套已经搞了太久了。当然，我也必须承认，他们这样并不会真伤到我一丝一毫。或许，我只是想稍微表达一下抗议吧。毕竟事情就发生在我眼皮底下。他们搞得好像我什么都不明白似的。更不像话的是，他们简直就觉得我不存在。总之，自尊心跳了出来。无能为力。其实，说到底，他们爱做什么就做什么吧，现在，我是不会在乎的了。

再说，发个脾气又能改变什么呢？要是我不把事情做绝，就什么也不能改变。离开这里。是啊，我当然可以离开这里，我当时已经想过了，放弃一切。确实可以。我没有任何牵绊。但我能上哪儿去呢？我很清楚，无论改变什么，现在都太晚了。再说，我也并没有感到不幸。并不是真的不幸。他这个样子已经很久了。说到底，在此之前，托马对我来说就已经是个外人了。

我不清楚事情原本是否可以走到另一条路上。要是多一点体贴，多一点尊重，或许会有可能。但一开始情况就很糟糕。托马很快就疏远我。他很忙，这确实不假。但我想，他至少该在晚上留点儿时间给我吧。两个人重新见面，说说话，谈谈未来的打算。但他只和蕾阿讨论问题。说来说去总是农场的事。该买某台机器啦，要往现代化方向发展啦，雇帮工啦，贷款啦……每天晚上总是同样的对话，同样的问题。让我感觉，托马和我过的并不是夫妻的生活，而是一种三人共居的生活。我都搞不清，蕾阿和我，到底谁是硬闯进来的那个人。尽管我能感到，我姐姐和我丈夫在相处时，彼此都很谨慎。或者说是彼此都有所提防。两个人似乎在互相监视，互相摸底。他们仿佛在争夺什么东西，但具体是什么我也搞不清。总之我感觉自己被他们排除在外了。有时我对此深感厌烦，就赶紧上楼躺下。等得倦了，手头的书便会滑落下来，然后我也就睡着了。没过多久，托马也就懒得再叫醒我了。我只当他是累了，操心的事太多了。可他后来一直都是这样。于是，我想搞清楚究竟是怎么回事。我闭上双眼，假装睡觉。他打开灯，脱掉衣服。一点儿声音都不发出来。他钻进被子，紧靠着床沿躺下。尽可能地不翻动身体。接着他就把灯给关上了。几分钟后，他就睡着了。我就这样在一片漆黑中睁眼躺着。一天晚上，蕾阿在旁边的房间里弹钢琴，我便走到了他的身边。我想试着和他谈谈。可能我的样子看上去很笨拙吧。我确实也不知道该怎么开口。他看着我，但并没有一点理解我的表情。面对我恳切的态度，他露出了微笑。然后嘟囔着说了一句，别这样，根本没什么事的。接着他抓起一张报纸，哗哗地翻看了起来。

此后不久，我开始产生了疑虑。我也记不清究竟是什么事引起了我的注意。或许是几句带着暗示的对话，又或许是几道默契的目光，几次窸窸窣窣的响声。但是。这是丽莎和我的丈夫。我在分析这些事的时候，总感到实在是太不可思议了。于是我觉得，我是在自寻烦恼。我开始为托马的行为找理由。什么理由都行，只要能表明他不是对我不在乎，不是对我毫无欲望。然后我就会感到，自己编出这么个故事实在是种罪过，怀疑他们两人的关系，实在是太可耻了，甚至还有点病态。于是，尽管到了晚上一切照旧，但我的顾虑总会消除几个小时，或者几天。直到新的疑点突然出现，让我好不容易重新建立起来的信任再度发生动摇。我就这样在怀疑和否定之间来回摇摆。此后，我开始注意到，他们常会同时不在屋里，而且频率相当高。他们虽然从不曾同出同入，但其中一个人出屋进屋的时候，另一个人总会很快跟上。后一个人到的时候，前一个人总会摆出副惊讶的模样，表情夸张到让人总觉得是装出来的。还有莱昂斯。他在偷偷地观察他们。他总是垂着眼睛，不和他们对视。一吃完饭，他就会马上离桌而去。或许他知道点什么。就这样，我总是做出一个又一个假设，随即又逐一推翻，这让我极为困惑，也极为痛苦。

一个雨后的早上，托马对大家说，他要到小山沟后面的树林里去一趟。他说，他已经好久没上那儿去过了，他想看看他在那儿种的冷杉现在怎么样了。几分钟后，丽莎也表示，她要出去散散步，她喜欢雨过天晴时灌木的色彩和气味，她笑着说，要抓紧时间享受这意外的清凉，因为一到中午，就又要忍受热浪了。她把头发重新梳了一遍，然后拿起搭在椅背上的一条米色的大披巾。

"要是能看到金雀花，我就用披巾装一点。"她刚说完这句话，就撞上了我惊讶的眼神。

"八月还有金雀花？"

"对啊，确实没有……那就欧石楠吧！"

我让她先行一步，反正我知道路怎么走。我套上橡胶靴子，跟着也出了门。我处在一种焦躁不安的状态下，都快有点惊慌失措了。别人盯梢时肯定不会像我这样。是的，但是。要是他们……那太不道德了。甚至可以说是下流无耻。这冒犯了我，冒犯了莱昂斯，也冒犯了我们所有人。我有权利甚至也有义务来揭发他们这桩丑事。是的，但是。要是我弄错了呢。要是我误解了他们的眼神，误解了一再发生、令人称奇但确实纯属巧合的事，然后据此无中生有地编出一段故事呢。我无法做出理性的决定。但我实在不能再这样不明不白地生活下去了。实在让人心烦意乱。这就是我所处的状态。我必须要搞清楚。其实，我挺希望是我弄错了。因为这桩事已搞得我晕头转向。不过，我还是很清楚，一方面，并没有任何事能作为确凿的证据，另一方面，我也很难就这样消解自己的疑虑。现在打退堂鼓还来得及。一路上，我停下来好几次。有一次，我甚至真的开始往回走了。但我还是收住了脚步，现在，我已经走得很远了。我想搞清楚。我同时还想，要是我什么都没看到，那也说明不了任何问题。

就在这时，我听到了一点动静。悄悄的说话声。又或许是一声叹息。我停在原地，竖起耳朵听。在我靠着的那棵榉树上，一只鸟正在枝丫间飞来飞去。我等着。静悄悄地等着。终于，又传来了一声窃窃私语。我继续等着。接着，我确定我听到了一声轻轻的哀鸣。一声呻吟。几分钟后，我搞清楚了声音发出的位置。我朝那儿走去，走得非常非常慢，以防踩到地上的树枝发出声响。枝叶非常浓密。我轻轻拨开一根榛树的枝条。于是，我看到了他们。

一开始，我只注意到了细节。在树影的映衬下，眼前的这片暗绿色显得更为浓郁，而那条米色大披巾就摊在地上，分外醒目。旁边，在一片高高的浅褐色蕨草下面，一块白色的东西卷成一团。接着，我才最终看到了他们，两人正躺在披巾上面。我赶紧松开了手上按着的那根树枝。但过了一会儿，我又忍不住把树枝给拨开了。她把头发给放了下来。衬衫敞开着。她那条宽大的裙子向上卷到了腰间。她用一只胳膊撑着头，看着托马的眼睛。而他在抚摸她的性器。毫无遮掩，敞开着凸露在外。她一边用一只手帮他，一边挺起胸，朝他那一侧转过来，贴在他的身边。他来来回回地抚摸着。节奏很慢。她晃动着身体，随着他的节奏上下起伏。他的手指时而会探入深处，消失片刻。时而又重新出现在她裸露的皮肤旁。她的身体弓得更厉害了，她摸索着他的位置，然后与他紧紧贴在一起。我很难过。我是多么希望，我能取代丽莎现在的那个位置啊。顺应托马的欲望。把身体交给他的手。他的性器。这样的爱抚让我浑身颤抖，而他从不曾在我的身上用过。丽莎把头贴在托马的小腹上。松开了他腰带上的扣子。将他那坚挺的性器释放出来。她用手紧紧握住。然后将嘴凑了上去。正在此时，我听到身后传来咔嚓的一声响。我赶紧放开手上的树枝。我转过身来。原来是玛蒂尔德，她是从小道上走过来的。我一下子慌了。我结结巴巴地说了些话，说的是什么我也搞不清了。我硬拉着她和我一起往坡上走。她也就一路跟着我。看起来她并不清楚刚才发生了什么。

随后的一整天，我脑子里一直盘旋着我见到场景。我完全没有了主张。当然，他们这样大胆妄为，我是极为惊讶的。甚至可以说，惊讶到了极点。此外，我内心深处的某些东西一直在拒绝相信这一切。照理说，我本应该感到愤怒。感到不幸。可事实上我并没有如此。

的确，我不爱托马。我从来就没有爱过他。尽管我和他结了婚，但总的说来是迫于情势之举——算是和蕾阿之间的一种协议吧。后来我也就习惯了他这个人。随着时间的流逝，我还习惯了他的冷若冰霜。习惯了他毫无温情。习惯了他毫无欲望。因为在他肯靠近我的那些夜里，尽管一片漆黑，我也很清楚，他对我并没有真正的欲望。那只是种匆匆忙忙的应付，一点都不温柔，甚至让人痛苦。他很快就压到我的身上。呼吸强烈、断断续续。硬生生地从我两腿之间进入。迅速地做完那几下动作。然后深深地吐出一口气。别的就什么都没有了。其实这倒也不重要。我习惯了。我也接受了。可现在我又不能安于这种状况了。因为我撞见的那一幕场景唤醒了我的欲望。一条深深的沟壑。一条托马不会来填平的沟壑。也正因为这一点，我什么话也没透露过。我继续尾随他们。监视他们。看他们。就这样，托马不肯给我的东西，我自己给了自己。

今天晚上卡米耶到底是怎么了，竟然突然来这么一下，冲着我发火，她向来是一声不吭的啊，成天坐在椅子上，让人甚至怀疑她是不是有点蠢，啊，我真是有些理解托马了，她脑子里都在想些什么啊，这儿快成疯人院了，莱昂斯越来越沉默寡言，饭刚吃完，他就一句话不说地走开了，他成天都是牙关紧闭，上哪儿都摆着一张阴沉沉的脸，就像只斗败的公鸡，连蕾阿都觉得他很奇怪，她问我是怎么回事，我对她说我可什么都不知道，他又不是第一天这副模样，他从来就没开心过，从来没有，他的身上也从来没有活力，只是现在情况变得越来越糟糕了，或许是因为年纪的关系吧，确实，他现在看上去老了不少，这让我们俩开始形成了一种可笑的反差，尽管我们从来都不是一类人，但现在的情况让这种反差更加突出，有时候他真像个老头子，他总是在翻来覆去地思考问题，永远听不到他的笑声，永远看不到他轻松的模样，哪怕像今天这样的好天气也不例外，这一整天的天色多美啊，可他不会在意这些，这一点他和玛蒂尔德一样，我的这个笨女儿，她也变成这副模样，成天把头埋在书里，真是搞不懂她能在书里看出什么，为什么不去和她差不多大的孩子一起玩呢，好吧，这里确实没几个像她这么大的孩子，可话说回来，她也不必成天读书，成天翻来覆去地想事，或者为只死了的野兔，为只死猫成天哭吧，有天我从一只刺猬身上踩过去了，其实我是根本没办法躲开，当时她就开始哭哭啼啼，搞得我非常恼火，她真是神经过敏了，说到底这还是一方面，因为另一方面她对身边的任何事都不感兴趣，我想治好她的神经过敏，现在我在路上是看见什么就踩什么，可她不理解，说这是造孽，然后为了只踩死的刺猬就哭起来，我对她说了多少次，未来你在生活当中还会见到很多类似的事，卡米耶现在也开始耍这一套了，其实小时候我从没见她哭过，有一天她一根手指头被门夹了一下，是我关的门，但我压根没看到她在我身后，她硬是不肯相信我不是故意的，她就知道哭丧着脸，摆出各种痛苦不堪的样子，她用另一只手按住那根手指，然后朝上面吹气，她用一种责怪的眼神看着我，她并没有哭，没有叫，但她确实应该疼得很厉害，因为那片指甲先是变青然后又变黑了，后来有一天，指甲脱落了下来，她或许是怀孕了吧，我当时这么说了一句，可托马摆出了一副古怪的神情，天啊，我看他们之间的关系应该像我和莱昂斯一样完蛋了吧，尽管莱昂斯一开始还很不高兴，他问我到底是怎么回事，我是不是有别的人了，我说没有，我就是没兴趣，没别的事，后来他又一次次再问，每次我都说没事，我就是没兴趣，最后他总算让我清静下来了，说到底，他这人胡思乱想惯了，反而什么也想不明白，可是说老实话，我没想到卡米耶和托马之间也会这样，我甚至觉得这有点不太正常，好吧，确实不假，托马一直很孤独，他和我的情况并没有什么不同，但在这方面男人也许和女人不太一样吧，不管怎么说这事总能搞清楚的，我会去问问蕾阿，她应该知道，其实也很奇怪，我并不知道我和莱昂斯之间到底是怎么回事，有一天我突然感到厌烦，就是这样，没别的原因，我真的搞不清是为什么，确实出现了欲望消亡这回事，因为原本就没有多少欲望，至少我没有多少，甚至在刚开始的那些日子里也没有多少，我一直就不太明白他为什么想娶我，不过好吧，当时我也想离开这里，这是帮我解决问题的办法，而且我觉得蕾阿对这件事也不太赞同，当他说我们要结婚的时候，她的表情很奇怪，或许她是觉得他的年纪太大了吧，他们两个的岁数倒差不多，但事情就这么办了，要是干什么事都考虑来考虑去，那就永远也办不成了，我们结了婚，然后一直过到现在，不过，的确我也没想到事情后来会变成这样，而且玛蒂尔德也变得和他一个模样，幸亏我叫蕾阿别再给她上钢琴课，书还不够嘛，还要再加上这些乐谱，她一边看乐谱一边弹这些严肃的曲子，这实在是太滑稽了，我对蕾阿说绝不能这样，她要把我女儿弄疯的，不得不说蕾阿做得真不错，她不但理解我，还照我的话去做了，因为我对她讲得很清楚，不要让玛蒂尔德看出来这是我的意思，她和我之间的事情已经这么复杂了，明说出来可能什么问题也解决不了，因为她是肯定不会理解的，像她这个年纪，都不会太懂事，我记得，我当初对蕾阿的话也并不总是顺从的，尽管后来想起来，我还是要承认她确实有道理，不过玛蒂尔德的情况还不一样，她和她父亲一样固执，我记得，有一天我和莱昂斯吵架，他问我，孩子的父亲到底是不是他，我对他说，啊别，你别跟我来这一套，你要是这样我就走人，把你们两个留在这里，你们自己对付着过，真的别来这套，而且真的可以说，就算没这些事，我也不再有欲望了，他还对我说，他觉得很奇怪，玛蒂尔德和托马看上去有些相似，听到这话时，我真是想放声大笑，因为毫无疑问，玛蒂尔德明明是像他啊，一模一样的怪性格，一模一样的怪样子，都搞不清心里面在想些什么，她可不像托马，但我什么话也没回他，我只是看着他，微笑了一下，这让莱昂斯很恼火，不过我觉得挺有趣，他把我气坏了，所以我才小小地报复了他一下，不管怎么说蕾阿做事确实很爽快，弄得玛蒂尔德还跑来问我，蕾阿阿姨为什么不愿意再教她弹钢琴，我回答说因为你天分不够，她听了后脸色很不好看，这是自然的，但她也没法抱怨我，因为是蕾阿不肯往下教的，至于卡米耶嘛，要是他们还继续这么搞的话，我一定要和蕾阿谈谈她了，我承认她这套把戏让我觉得有点恶心，真的。

因为这里面其实有个圈套。但等我明白时，已经太晚了。在小事情上，我已经上过好几次当了。当然，按理说这些事也没什么大不了的。我当初以为她们接受了一种严苛的教育，在这种教育下，让生活舒适一点，或者稍微享受一下，都会被当作是多此一举。我记得，每到冬天，任凭老火炉再怎么烧，屋子也根本没法变暖。灯非要到夜里才会开。那些羊毛袜，卡米耶会不知疲倦地补上一遍又一遍。床单被套也被她打了一个又一个补丁。什么东西都不舍得扔。全要用得破旧不堪。用到不能再用。总要利用好最后一缕阳光，不浪费白天的最后一点光亮。但最终擦亮我双眼的，是这里的饮食。而且也是一点一点擦亮的。我刚来这里的时候是夏天。一个热得超乎寻常的夏天。根本没有一丝风。没下过一滴雨。一种可怕的昏昏沉沉的感觉笼罩在整个乡间。连动物都躲着不肯出来了，它们不想再动了。每天大家都盼着能来场暴风雨。但什么东西都没来过。大家待在屋里，皮肤黏黏的，手心里带着汗，正午的钟声一响，就把百叶窗关得严严实实，然后不到傍晚五六点钟不会再出门，同时尽量减少活动。因此，饮食也就非常清淡。一份生拌的或者是煮熟的蔬菜，加上几片面包，间或有几个鸡蛋或是奶酪。不会有肉的，因为吃肉会让人体温升得更高。再说，一下子堆了这么多蔬菜，总得慢慢吃光啊——莴笋眼看就要抽薹了，西葫芦也有烂掉的危险……可是，随着夏去秋来，山谷里开始升起一股湿气，树上总是雾蒙蒙的一片，山间的小路也被雨水冲刷成一道道泥沟，情况还是没有发生任何变化。无论中午还是晚上，永远都在喝汤——就是在水里泡上点小面包块，再加上一两根胡萝卜和一个洋葱。后来又总吃小扁豆或者干豆角。又或者是土豆——水煮土豆，土豆泥，带皮土豆，炒土豆……用各种各样的方式做成的土豆。偶尔会有几条长满刺的、夹着泥沙的丁桂鱼，这是隔壁农场的那个男孩从不知道哪个水塘里抓上来的。此外还要吃剩菜。剩的生菜，剩的土豆，或者是吃剩的煎蛋通心粉，吃剩的米饭……在极为难得的情况下会吃只鸡，吃只兔子。最糟糕的东西是火腿。天花板上挂着几块别人宰杀后割下来的猪肉，留着晒干以后吃，肉旁边还用细绳吊着一串羊肚菌。洗过的内衣也晾在四周，夏天的时候还有怎么也赶不走的苍蝇。所以，那几块肉上最后总免不了留下几只蛆，必须要用刀尖反复摩擦才能弄掉。但偶尔还是会残留下一两只在肉上蠕动。我第一次看到时，本想起身扔掉那片粘上苍蝇幼虫的肉。可我刚把刀叉放下，将拳头撑在桌上，就看到了蕾阿那锐利的目光。一种寒冰似的冷酷。我只好把虫子拨到餐盘的盘沿，并尽力不去看它那扭来扭去的样子。真是穷人吃的菜，穷人的伙食，我当时暗想道。"穷人"，这个词突然间把我自己震了一下。我于是说道："真奇怪，这儿从不吃肉的。你们不喜欢吃吗？"

蕾阿指着生火腿，带着不悦的口气问道："这个，托马，那您觉得这个算是什么呢？"

"啊，这当然是肉……不过我想到的是……是新鲜的肉……比方说羊腿或者牛排什么的……"

"可这些东西，托马，是要花钱的。您，您有吗，您有钱吗？"

接着，她也不容我分辩，换成粗暴的口气说道："再说，据我所知，在您小时候，并没人让您养成吃新鲜肉的习惯啊……您父母他们难道有办法给您吃这些？……要是那样的话倒真让人吃惊了……他们向我们交粮总是一拖再拖！我觉得，那时候他们不可能把您伺候得像个小国王似的！"

我没有回答她。我感到非常震惊。穷人！而且我也很愤怒。因为她当着我的面重提我的身世。对她来说，不论我怎么做，我都永远是过去为她父母干活的佃农的儿子。其实，我觉得我已经表现得够精明能干了。但她封住了我的嘴巴，让我老老实实地接受现实。她那嘲讽的、伤人的语调还表明，我对改变生活的追求，在她眼里无非是愚蠢的想法。

因此，那些我本以为是家庭文化习惯的事，只不过是缺钱造成的残酷现实。钱，她们就是没有。这就能解释得通，她们为什么老是不肯出钱帮我实现那些计划。穷人！一想到这个我就感觉上当了。因为她们从不曾否认外界对这片农场的说法。这里所有人都认为，在她们父亲去世后，由于无人打理，这片农场已经濒于衰败了。大家都说，她们对这些事一窍不通，宁肯靠父亲留下的积蓄过活。但没人能想象得出，她们实际上已经破产了。于是我掉进了这个圈套。我原本还以为，是凭着我的执着甚至可以说是顽固，才说服了她们，让她们明白，必须重新经营农场。不过现在我已经很清楚了，她们内心里所想的，一直以来恰恰就是这件事。就在我自以为将网布下的时候，她们却给我戴上了镣铐。我只关注自己的目标，却没有觉察到，她们表面上一而再再而三地拒绝，其实只是为了一步步巩固我说服她们的念头。我没有看出她们是在利用我。我觉得自己既可耻又愚蠢。我悔恨不已。

　　因为我当然没有真正爱过卡米耶。我甚至一点儿都不喜欢她。但只有通过婚姻这条唯一的途径，我才能回到这片土地，让它结出硕果，此外当时我还想成为它的主人。我本以为卡米耶和我能好好相处的。她样子不难看。人也不笨。时间长了总会发生点什么。某种志同道合的情谊。又或许是某种默契。但很快事情就全走了样。轻蔑。冷漠。拒绝。身体也紧紧地封闭着。一个圆滑的、什么事都不参与的女人，不给人留任何把柄。这让我非常惶恐。因为当婚事最终被卡米耶接受、被蕾阿许可的时候，她们觉得我差不多入局了，而我却还不知道她们为这件事算计了多少。很快，我就开始干活，过了段时间，我又招了几个小伙子帮我一起干，我还勉勉强强地筹到了一些资金。后来我总算明白了，她们这是在利用我，是在以最卑劣的手段榨取我的力量，但此时已为时过晚。我只好继续这种生活。我又能上哪儿去呢？这时我才真正体会到蕾阿的本事和能耐。因为我肯定不会成为这些土地的主人——蕾阿此前一再强调，结婚后财产必须保持分离。所以我什么都没有。除了我惹上的这些债务以外。于是，这两个女人在各方面都是赢家。至少她们是这么认为的。因为我对卡米耶的欲望在一点点消退。随着日子一天天过去，这欲望的火星越来越微弱，直至全部熄灭。取而代之的是一种深深的厌恶，一种几近癫狂的恼怒。而正是在这个时候，丽莎出现了。那是个夏天。每年夏天，她都会和莱昂斯、玛蒂尔德一起来这儿度假。很快，我就发现了她注视的目光。她的微笑。吃饭时，她总会坐在我的对面，要么就紧靠在我身旁。她常和我说话。她还常常制造机会，和我发生身体上的接触。我很窘迫。我担心她这套略显粗糙的小把戏会被别人看穿。不过看起来并没有人注意这些。通常很冷漠的蕾阿脾气变得出奇的好。她对我的态度也和蔼多了。有几次她和丽莎在一起时，以为四旁没人，还向她夸奖了我的工作和我的胆识。我听到时深感惊讶。或许，她最终接受了我。时间的力量，又或者是习惯的结果。不过，我难免也会琢磨一下，她现在到底又是在玩什么把戏。因为偶尔我还是会不小心看到，她的眼神里夹着一道冷酷的光，我觉得，这眼光中既包含了几分怀疑，也带有几分恶意。因此，当我看到丽莎对我产生兴趣时，我并没有

64

采取任何举动去阻止她。我任凭事情往下发展，同时我觉得，或许我可以借此机会，来报复这两个为钱坑我的女人。我想，就算这报复微不足道也不要紧。因为它终归只能秘而不宣。总之，只能是这两姐妹不知情的一次小小的反击。但这毕竟可以让我消消气，让困扰我的那种痛苦、那种遭遇不公的感觉缓解一下。

事情也就顺理成章地做成了。一天早上，我来到小山沟里，我把要砍伐的栗树做上记号，然后计算在空出来的地方该栽种多少棵冷杉才合适，就在此时，我听到了一个声音。我转过身，只见她正朝我这边看。她露出了笑容。她一言不发地向我走来。她抓住我的手，把我拉到了一个从前供牧羊人歇脚的小茅屋后面。我全都由着她。我一直跟在她的身后。一只乌鸫叫了起来。整个过程非常迅速。我将她扑倒在还带着湿气的草地上。我几乎没有抚摸她。甚至都没有接吻。她叫了起来。平静下来后我睁开了双眼，我发现，紧靠在我右眼旁的那簇草上停了只瓢虫，因为距离太近，虫子显得大得出奇。此时我心里产生了一种可笑的信念——这只虫子的红色血迹将永远保存在我对这一刻的记忆中。我们起身时，她抖了抖裙子，将一根手指放在嘴唇上笑着说，嘘！什么都不许说。我回了句，不说，什么都不说。她回去了，走到半路上还转头看了一次，向我挥舞着手。我没有一丝一毫的内疚。相反，我觉得非常刺激，那一整天我一直处在一种兴奋的状态中。

我们后来又常常见面。我们变换着时间和地点，以防被人看见。不过我也不知道为什么，小山沟还是我们的首选。这里的灌木丛非常宜人，不管天气如何，上面总是罩着一层柔和的、朦胧的、带点灰色的光。这一带还出奇地安静，只是偶尔有些鸟叫声和动物跑过时发出的轻微的沙沙声。稍大一点的风从来都不会刮到这里。只有那种带着点暖意、夹着点香气的微风，风掠过时树的枝叶偶尔会轻轻作响。可现在这个地方让我感到恐惧。现在它在我的眼里只是个背斜谷，非常普通，又窄又暗。谷里布满了冷杉和橡树。但没有一棵红橡树。全是深绿色，一种病态的甚至可以说是不祥的深绿色。此外还有些带着潮气、散发出难闻气味的低矮的蕨类植物。走到头有一条小溪，混浊的溪水流淌时显得极为沉重。满是污泥。一下雨，这里就变成了一片粘脚的泥地。

我无法再继续装模作样。无法再像以前那样生活。也无法再当什么事都没有发生过。一切似乎都和原来一样。但一切也已完全不同。因为在此期间，莱昂斯死了。我不知道他的死是否和我们的事有关，丽莎和我的事。不过，自那以后，我就不停地想着这一切。各种各样的想法不断地在我脑子里打转，刚刚下定一个决心，就又产生了疑问，接着新的想法又开始闪现、活跃，像沙子一样散布开来，随后汇聚成一种新的假设，形成一条新的出路，将我引向一个新的办法，可是在顾虑和疑问的冲击下，这个办法又化作了泡影。在一个个无眠的夜里，所有这一切一直在我脑中盘旋，而我也在床上辗转反侧。卡米耶躺在我的身边，呼吸平静。平静得让我常常怀疑，她到底是不是真的睡了。唉，这到底是不是一场意外，其实也并没有那么重要。但在我的内心深处，我一直确信，在对生活有所依恋的时候，人们总会小心行事，避免意外的出现。

显然，所有这一切，当时我都不会去想。那时莱昂斯还活得好好的。他的确让人讨厌，因为他比以往任何时候都更加沉默寡言。不过我也懒得管。和丽莎的幽会让我的失望和怨恨得到了稍许的补偿。我完全没有任何负罪感。因为我并非不知道，有段时间，三姐妹和她们父母的一些事也传得很厉害。何况——或许这是主要的原因？——我的报复也并不是始终不为人知的。有一天，我开始穿起衣服，丽莎还在懒洋洋地躺着，全身几乎一丝不挂，就在此时，在温暖的空气中，在金黄色的夕阳下，我听到了一个声音。一种窸窸窣窣的声响。并不是动物穿过灌木和野草，从一个小山丘跑到另一个小山丘时发出的那种沙沙声。肯定不是，这是种非常轻微、几乎觉察不到的窸窸窣窣的声响……似乎有人在小心翼翼地拨开枝条……我继续穿着衣服，但同时也竖起了耳朵，因为我怀疑附近有人。我低下头，一处处扫视接骨木和榛树，我想找出个缝隙，能让我看到一只窥伺的眼睛，或是一个在林间闲逛的人迷路后一闪而过的身影。接着我又把身子转向另一面。此时，在那堆树莓和小灌木丛中，有根犬蔷薇的枝条突然动了一下。我并没有看到后面有什么东西，而枝条已慢慢地停止了晃动。但紧接着，树篱外有个东西在我眼前一闪，然后向远处移去。是个黄色的东西。淡黄色的。很像卡米耶当天穿的裙子。我惊呆了。我怕丽莎听了会发狂，便什么也没对她说。我当时想，晚上我见到卡米耶时，她应该会和我大吵一通吧。她必然会把这件事当作一桩丑闻，并有可能公之于众。可我也没有任何办法。我不可能去追她，然后向她哀求，请她守口如瓶。我觉得自己掉进了一个圈套。又掉了一次。可让我极为惊讶的是，回到屋里后，尽管我忧心忡忡，但她什么话也没和我说。我看到她在逃避我的目光，晚餐过程中，在免不掉的几句交流时，她显得比往常更为和气，脸上也带着更多的笑意。天色越来越黑，光线也越来越暗，她的眼神深深陷在罩着餐桌的这圈暗光中，让我感到极为困惑。我想，她随时会爆发的。她这种平时总爱沉思、寡言少语的人，是会突然大嚷大叫的。会有种她控制不了的东西猛然间跳出来的，甚至还有可能，经过几个月的失望、沉默或许还有怀疑后，她会带着种如释重负的感觉，让这种东西出来。一种站不住脚的解决办法。一味苦药。但这毕竟是对我冷漠态度的一种回应。能让她将看不到尽头的事做个了断。接着夜晚就这么过了。蕾阿埋头算账。玛蒂尔德看起了书。丽莎开始了她的唠叨。她只是偶尔注视我一下，仿佛要确保我们的秘密万无一失。莱昂斯和往常那样，饭刚一吃完就起身离开。离开前他默默地看了看我们每一个人。这是种细致的审视，还带着些神秘的标准，仿佛每审视一次，我们在他想象出来的那个排名里都要更换一下位置。接着他就走出房门，进入那片炎热而宁静的夜色中。卡米耶在绣花。绣了段时间后，她就回到我们的卧室，蜷缩在床沿。没有任何变化。只是现在她已经知道了。日子就这样过了几天。我特意找了些理由，尽量待在院子里，待在屋子四周的草地上。后来我只好离开屋子去远处了。丽莎于是也就随后跟来。我小心翼翼地防范着。但我什么也没发现。矮树丛里既没有传出声响，也没有任何奇怪的动静。此后有天下午，丽莎懒洋洋地躺在牧羊人歇脚的小屋后面，就在她开始脱衣服的时候，我听到了噼啪的一声响。我没有转身去看。但我立即就确信，卡米耶正在那里窥视。此时，我心里产生了一种火烧火燎的感觉。一种狂喜。我已经等不及丽莎脱掉裙子了。她有些意外，但还是张开身体迎候我。我的性器挺立起来。甚至有点儿疼。但我并不着急。我抚摸着她。动作非常温柔。抚摸了很久。我吻她。直到我觉得她已经完全准备就绪，这时我才进入了她的身体。我能感觉到，卡米耶的目光像针一样一根根扎到了我的背上。荒唐的是，我像个报复心极重的小孩子一样，觉得自己得到了补偿。我此时还不清楚接下来会引发的那些后果。可恰恰就是这段事，这段怎么看都只能算稀松平常的事，造成了莱昂斯的死，不论到底是不是一场意外……于是我又陷入了怀疑，陷入了疑问，我总是在负罪和清白的感觉之间摇摆，我时而会觉得自己不言而喻是有罪的，时而又会认为，无论怎么说，我还是相当无辜的。面对一个个问题，我只能想出一个个无效的办法，刚想出来就被自已推翻，到最后我终于明白了，我们再也不可能继续留在这里了。不可能再像过去那样了。蕾阿，卡米耶，还有我。我们必须离开这里。让距离将我们和这个地方隔开。这个地方见证了一部戏的结局，而我们每个人或者说差不多每个人都对此负有一份责任。因为在此期间，丽莎还向我诉说过她家里的故事。这是某些人需要尽力掩饰的故事。不去在意那些依然鲜活的记忆，只要等它们渐渐陈旧下来，就会变得不再确定，再加上矢口否认，绝不吐露隐衷，记忆也就会显得更加模糊。

门关了起来，在一阵仿佛要钻透我脑壳的金属摩擦声中，插销慢慢插上，这时我明白了，非常确定地明白了，我再也不会回到这里。经过这些事以后，再没人可以生活在这个屋子里了。

是玛蒂尔德发现的。那是个下午。我一开始没搞懂是怎么回事。她像个疯子一样奔到客厅里。头发蓬乱。瞪圆了双眼。她高喊着，蕾阿！蕾阿！然后一串话就飞快地蹦了出来。她的话前言不搭后语，让我很难弄清楚究竟是什么意思。我一把将乐谱扔到地上，从摇椅里起身，然后叫卡米耶留在家里别走开。玛蒂尔德先出了门。她几乎是跑着出去的。我紧跟在她身后，尽管表面上我比她平静得多，但内心里也很是惊慌。我在谷仓前停了下来，此时我已经有点气喘吁吁。门的顶窗是开着的。我走到近前。就这样，我看到了他。他靠在工作台的一只台脚边。身体瘫在地上。就像是跌了一跤。慢慢滑倒在地。枪就在地上。离他身体不远。但并不是放在地上的，是扔出去的。更准确地说应该是从手上脱落下来的，比如说是个无意识的动作，失控的动作，还可能是身体抽搐时发生的动作。我冲玛蒂尔德高喊起来，让她离开这里。然后我走了进去。我把门关上。闩上门闩。收起顶窗，插好插销。阳光透过两道房梁之间的天窗照了进来，现在已不那么刺眼了。我向他走了过去，慢慢地靠近他。我看到了血。他的脸缺了一块。又或者是这部分脸被一片已经凝固了的血完全覆盖了。几只苍蝇飞来飞去。我把苍蝇赶开了。我就这样待在那儿，待在他的身边，完全动弹不得，也不知道究竟待了多久。他的两只手都蜷缩着。一只放在地上，就在枪的旁边。另一只则扭成一团搭在肚子上。我长久地注视着他脸部完好无损的那一部分。在高耸的颧骨上方，那只眼睛僵着一动不动，没有了一丝一毫的表情。嘴唇薄薄的，稍微有点往里凹，现在已经开始发青了。鼻梁虽然线条清晰挺拔，但整个鼻子却意外地呈现出一道圆弧的形状，它为刚硬的、过于突出甚至有些粗犷的脸部线条增添了一份柔和。我此时不禁感叹，我居然从没注意过，他的前额和双唇上竟刻着这么多条深深的皱纹。一种沉重的褶痕。苦涩的褶痕。他的头发几乎全白了，后面的发缕也有点长了，已经拖到了颈部，盖在衬衫的衣领上。太阳穴那一带的头发要比其他地方更为稀疏。我本想把我的双唇贴上去，无论贴在哪儿都可以，颈弯，脸颊，或者是他的嘴唇。这样可以安抚他。这样可以像哄孩子似的对他说，别担心，没事的，会过去的。

莱昂斯不打猎。

莱昂斯从来没有打过猎。

我从没见他摆弄过枪。只有一次，那也是很久以前的事了。是为了逗乐。他用一支装铅弹的老式卡宾枪打了一次纸靶。

我觉得，我实在太久太久没有看过他了。真正地看。认真地看。

突然，我明白了，我刚刚失去了他。第二次失去。可这一次，是彻底地失去了。再没有回头的可能了。

因为第一次是他抛下我迎娶丽莎的时候，并不是同一回事。当然，我还是有种遭人背叛、遭人抛弃的感觉。我们相识已久。已经准备结婚了。婚期虽然没有确定，但我们俩都知道，这一天总会来的。因为反正不会有什么意外。所以，我们也不着急。我们对所有事都顺其自然。任事情一步步发展。任事情按本身的节奏去走。我有信心。我也绝没有料到。我一直无法理解，他怎么会以如此突如其来的方式，如此出人意料的方式，对丽莎产生了兴趣，以至于要把我们所有的计划都打乱，把一切全部推翻。让一切陷入乱局。当然，丽莎比我年轻得多。那时也颇有姿色。可她是个蠢货。她只在乎她自己。此外还爱听那些邻居胡说八道。天知道父亲死后怎么会出现这么多的流言蜚语。她当时已经待不下去了。她想搬出这个家。所以等我母亲一死，她就开始收拾自己的东西了。她说，她实在受不了了。她感到窒息。她不愿继续在诽谤和中伤的环境里生活下去。而且莱昂斯也不愿意在这里安家。这里很美，他说，但这里死气沉沉。已经僵化了。他无法在这片荒漠中安身立命，他说，这里让他感到压抑，在这里他只能靠一些模糊而无望的期盼维持下去。正是这一点拉近了他们的距离。只能是这个原因。因为我，我无法离开这个地方。我太舍不得这片土地了。我曾对莱昂斯说，你看，对我来说，这里所有的一切，都会让我想到我的父亲。每一棵树，每一块土壤，花园里的每一个角落，都在向我讲述我的父亲。处处都能感受到他的存在。尽管只是淡淡的痕迹，可始终难以磨灭。虽然犹如微弱的回声，但久久不会散去。他并没有完全离开我。因此我对莱昂斯说，从这里搬走对我来说就是让他彻底地死去。所以，当我听到门关上、插销插起来的时候会非常难受。沉闷的一声响，刺耳的一阵摩擦，就此代表了我父亲生命的终结，我们在这里生活的结束，再也无可挽回。因为，此时我已明白，我不会再回来了，这是我最后一次看这个屋子了。他们让我坐在前排。坐在托马旁边。路很难走。一路摇晃。总是拐来拐去。我说您得注意点儿啊，托马！可托马并没减速。一路掠过的景象我都认不出来了。这儿有人建了个杂物棚，那儿有人圈了一片田，还有些房子已成了只剩断壁残垣的废屋。这时我才体会到究竟过去了多长时间。这一段段痛苦分裂的生活究竟经历了多久。我感觉头开始发疼。我昏昏沉沉地睡了起来。但睡得并不沉，因为我还能听到托马说话，他说，能马上从头再来，也算是件好事，接着，坐在后排的卡米耶疲惫地"嘘"了一声，打断了他的话，但托马反而又接着说了起来，他恼怒地反驳道，我偏要讲！你明明看到她睡着了。我只得尽力入睡，也确实进入了梦乡。随着一次特别猛烈的颠簸，我的头被甩到了车窗玻璃上，我一下子醒了过来。我感到口干舌燥。托马正轻声地吹着口哨。总算快活了。他马上就可以摆脱我了。他在报复。因为他恨我，自从他明白我们没钱之后，他就一直恨我。唉，他真是肯花工夫肯耗时间啊！的确，自从他了解实情后，他对我就产生了一种无法掩饰的深仇大恨。不过，这也算是桩公平的交易吧。父亲生前各种经营就已经不顺，死后他弟弟的过分要求更是让我们彻底破产。我真的走投无路了。一天晚上，我对卡米耶说，我们必须要想个办法，要不然我们就只能从这里搬走了。我们两个人谁也不会干活儿。谁会请我们做事？要不把农场卖了？可这些荒地、这些破房子我们能卖出什么价钱呢？全都要翻修一遍，屋顶、地板、窗框。连谷仓里都有面墙开裂了，随时会有坍塌的风险。因此，我们能想到的唯一办法，就是为卡米耶筹划一桩婚事。我们必须找个男人进这个屋子，由他来把事情重新理顺，由他来买牲口，在地里播种，让这个农场重新焕发生机。除此之外就再也没有别的出路了。这件事倒也不是多难。我知道，以前那对佃农夫妇的儿子进城后没有安顿下来，现在又回来了，他正盯着我们这块农场呢。我所要做的，只是当着他的面透一小句话出来，随随便便的一句话，看起来说完就算，但这句话能切中他的一个梦想，一个遥不可及的、自己都不敢真去想的梦想。接着就任事态往下发展。果不出我所料，他主动向我重提了那句话。此时，我只需装聋作哑，把他的举动当作是孩子的任性胡闹。随后，就当实在是拗不过他，认真听他说一遍，再一口推翻，把他的想法说成是儿戏。往下呢，摆出思考的架势，装作被打动的样子，但还是迟疑不决，要和他争一争，吵一吵。最后，让他求我，让他来说服我。把这一切弄完，才最终表示让步。事情于是就这么成了。但我坚持认为，这是桩公平的交易——他想要这些土地，那么他就得来地里干活儿。当然，我并没有明说我们没钱。可我也没说过我们有钱。我并没有骗他。他要怪只能怪他自己，怪他自己事先没弄清楚情况，或者怪他自己贪婪到失去了行事的判断力。但他从不曾原谅我。现在，在这车里，我很明显地感觉到他很快活。我最终落到了他的手里。至少，他是这么认为的。因为其实还有一件事他没明白。可能他也永远不会明白。那就是他和丽莎的事。她投入他的怀抱，究竟是怎么回事，又是出于什么原因。

莱昂斯娶丽莎的时候，我自然很清楚，我失去了他。但他还会在我面前露面。还是个大活人。因此，他那让人无法接受的背叛行为，他每次露面，还有他的存在，都为我平添了抗争的勇气。起先，在和他面对面的时候，我还会用我那受伤的自尊心做自己的挡箭牌。后来，我就装作这一切已经彻底没什么大不了的了。因为我们之前的计划并没有任何人知情。

这两个所谓的我的妹妹，一个也不知情。我们根本没在她们面前表现过什么。那是我们俩的秘密。我们在外面见面，在一处处废弃的旧谷仓里见面，她们根本就不知道。有几次我们甚至还去了他的家里。我拿钢琴课当借口。她们也根本不在意。她们不喜欢钢琴。他每次来的时候，我们表现得就像普通的朋友。我们还没有做最后的决定。当时的事情就是这样的。因此在别人面前，我并不会被看成弃妇，不会被人当作是个被妹妹抢走爱人的不幸女人。或者说是别人口中的妹妹吧。因为，这个可怜的丽莎并不是我的妹妹。至少，不是亲妹妹。卡米耶也不是。这两个人的父亲是一样的。但并不是我的父亲。好几次，我都想把真话告诉她们。冲她们吼道，别烦了！够了！你们自己去想办法吧，别靠我了。你们不是我的妹妹。只能算半个妹妹！有时候，我真有种难以遏制的念头，想在众目睽睽之下摆脱她们。但我从没有这样做。我自己承担了下来。我考虑的并不是我的母亲，我倒是希望她能得到社会舆论的谴责，因为她疏远我的父亲，而且还看不起他，嘲弄他。我考虑的是他。因为如果让别人都明白，他这一生是怎么被她牵着鼻子走的，那反倒是对他的羞辱，是给他的过去抹黑。唉，他能忍受这些并不是因为他爱她。不是的。他其实是根本不在乎。不过这也无关紧要了。没人会明白的。所以，我也就对此守口如瓶。没人知道这事。也没人应该知道这事。永远不必有。

这时，随着猛烈的几声响，谷仓的门晃动起来，门外有人想破门而入。托马高喊道，蕾阿！蕾阿！开门！开门啊！我从那张破损的面孔前转过身来。或许，那一刻，我还拭去了脸上的一滴泪水。我拉开门闩，打开门，对托马说，别这么吼，您一看就知道，已经无能为力了。然后我就出去了。我一边下坡往屋子走一边想，托马不可能没有负罪感。所以说责任大家都有。

玛蒂尔德坐在地上，坐在卡米耶的脚边，而卡米耶一声不吭地哭着。啜泣，哽咽，就像个被惊吓了的孩子。丽莎瞪着双眼，反复不断地问道，到底发生了什么，出了什么事？发生了什么，怎么回事？我没理她。我走进旁边的那间房间，坐在了钢琴前。我弹起了钢琴。为他而弹。我很难受。过往的一切不由自主地涌上了心头。

夜色初降。透过墙，传来了微弱的电视机里的声音。底层的大厅里，那帮打牌的人聚了起来。他们开始了牌局。非常安静地打着。

和每天晚上一样，我上楼回到了自己的房

间。我开始准备迎接黑夜。我坐在躺椅里，睡意来临前的那种困乏感出现时，我只要站起身，走上两步，又或者是三步，就可以上床。躺下。关灯。等待。在黑暗中，等待那来不了的安睡。此刻，我正透过窗户看着外边。昏暗的树影。树林的边缘。一团我觉得严严实实的东西，模模糊糊地让人感到危险。但它又带着种诱人的魅力。一种晦暗的力量，向人发起召唤，甚至会把人吞没进去。据说，之所以在这片林区四周安了道围墙，是为了保护我们。很快我就明白了，他们要让我们防范的，并不是某种外来的侵犯，而是我们自身。是为了防止我们逃走，这片林区才安上了围墙。这样我们就不会跑进树林里去。出于绝望而迷失。因为我们这里剩下的唯一的东西，就是绝望。绝望会在回忆中出现。绝望会从懊悔中产生。但在音乐中不会有绝望。因为我对音乐的记忆也开始迷乱了。有时，我连曲调都唱不出来了。哼出来的，不再是想唱的旋律，而是种含混的声音。最近，每当我弹琴时，总会有一种电波式的东西穿过我的身体，电流不断加大，随后化作剧烈的痛苦。每按一下琴键，就仿佛有根箭射入我的身体。接着，箭断了，一点点折落，直到化作无数的碎片，并最终变成我身体里的一部分。每到此时我都会想，这应该是莱昂斯吧，莱昂斯的灵魂在与我融合。可现在，连这种感觉我都没有了。

一直趴着。脸贴着地。胳膊弯起来抱住头，以减轻脖子上的压力。放任世间的各种声音灌入双耳。

一个恶心的早上。对自己感到恶心。对一切都感到恶心。这是什么事也做不了的几个小时。一段空荡荡的时间。让虚无停驻的时间。不想身外的事。也不回忆过往的情景。我就这样待着，维持着自己的平衡。紧紧抓住某个当下的片断。牢牢挡住某种想要毁灭我的力量。但一种不幸的感觉从四面八方袭来。它不断漫延。渗入了我的身体。很快，它就要让我粉身碎骨。

浓郁的青草气味。甚至有点恶心。我转过身。一动不动地看着天空。天上什么也没有。没有一丝云彩。勉强能看到一团薄雾，罩在朦胧的群山上。

今后，我的未来怎样，对我来说已不再重要了。我很确信，这种事不会再让我关心了。但玛蒂尔德怎么办呢？我为她担心。现在，她时不时地就会长时间看不到人影。让人觉得如此遥远。或许她是在努力保护自己，想避开谎言和恶语。也避开疯狂。哦，不是那种需要囚禁起来或者需要用化学物质制服的疯狂。不是的。是一种与众不同的行为，一种和常人迥异的思想。一种隐伏的疯狂。等我明白的时候，已经太晚了。玛蒂尔德已经出世了。我不该继续这样过下去，这是我的错。不过，我也不知道怎么干预。我没有这样的勇气。事情全然不受我的掌控。我是个徒有其名的父亲。一个缺席的父亲。

当然，她这种什么话都说的架势让我感到非常惊讶。对任何事、任何人都不放在心上。一种滔滔不绝的宣泄。一连串，或者应该说是乱糟糟的一团描述、情绪和感想。丽莎这个人就像是个永远无法确定的混沌空间，在她身上，各种陈词滥调的观点，各种成见和武断，以最杂乱无章的方式堆积在一起。不过，一开始的时候，她说话前言不搭后语的怪毛病对我来说，无非是和她废话连篇的习惯彼此关联的事情。就是爱唠叨吧，我当时这样想。确实常会让人听得厌烦，但也没什么大不了的。她的口无遮拦有时候会让我难堪，但这种程度充其量就和蹭破一块皮或者身上发痒差不多吧。总之，就是稍动一下肝火。直到后来，我才真正体会到，这股汹涌的、空洞的、无用的语浪究竟有多么大的摧毁力，它卷起了我们，卷起了玛蒂尔德和我，还猛烈地拍打着我们，这时，我才产生了一种天旋地转的感觉。

　　一切是从丽莎怀孕时开始陷入混乱的。我本以为有了孩子会让她稳重一些。但实际情况恰恰相反。只是具体方式有些出人意料。听说自己怀孕的消息后，她顿时陷入了一种令人难以置信的恍惚状态。以往她总是说个不休、动个不停，此时却突然变得萎靡不振。她躺在床上，成天成天地躺着。最多也就是端把椅子，眼神迷茫地坐在窗边。她始终保持着沉默。总是困在自己的空间。但她并不是在关注自己身体发生的变化。反倒是在为此守护自己。保卫自己。这是一场激烈而可怕的斗争，尽管它没有表现在外，也几乎看不出来。我是在一天晚上明白这一点的，当时，我觉得卧室里有种令人压抑的、不同寻常的安静，我感到奇怪，便走了过去。透过虚掩的门，我看到了让我不寒而栗的一幕。她对着镜子，一动不动地站着。她失魂落魄般地盯着自己裸露在外的隆起的腹部。她的脸上流露出一种极度诧异的表情，一种难以置信的表情。仿佛她在镜子里看到的那个人她根本就不认识。突然，她的脸开始扭曲变形，最后僵成了一副可怕的模样，我觉得我从她的这个表情中看出了一种惊恐，或许还带有几分仇恨。她朝镜子走去，直到将腹部贴在镜子上面。不知道为什么，我猛然间感到了恐惧。我大叫一声，丽莎！她转过身，惊慌失措。但在慌张的神情中，还是能看出之前某种强烈情绪迸发后的痕迹，现在回想起来，我可以确信，那是种厌恶的情绪。从此我不敢再让她独自一人待着。而后事情就发生了彻底的转变。她突然产生了疑心。怀疑我。怀疑所有人。没人能和她说话，连冲她笑一下也不行，因为她总是把这些表示关心的举动当作是种攻击。她觉得别人都恨她。她编造出好多故事。她对什么事都提心吊胆。我把这当成是产前的焦虑，因为她必须常躺在床上，尽可能减少活动，所以会渐渐变得脆弱。我迫切地等待着分娩的日子，我当时想，孩子生下来，一切就能恢复正常了。可这一次我又想错了。玛蒂尔德一出生就和丽莎分开了。原因据医生说，是母亲得了一种会传染给小孩子的毛病。不过我很清楚，根本不是这么回事。是丽莎不愿意见到她。护士把玛蒂尔德带到她身边时，她会毫无表情地盯着她看一会儿，然后就把眼睛移开。我想，这种状况持续了好几天，甚至好几个星期吧。他们对我说，我用不着担心。这只是一种暂时性的抑郁。要给她一段时间，让她来适应这种新生活。后来，丽莎确实突如其来地开始要玛蒂尔德陪她，她还觉得，别人把她的女儿和她分开简直没有道德。她说，她原本感觉非常疲惫，但现在好了很多。接着，她前几个月的那种消沉就莫名其妙地一扫而光了。她重新挂起笑脸，像过去一样大大咧咧，她总是很兴奋，总是叽叽喳喳地说个不停。她不断地烦我。她一定要让玛蒂尔德在她身边。她不肯再和她分开。她轻轻地摇晃她，亲她，只要她稍微哭一下，她就开始紧张起来。回到家里后，她决定让玛蒂尔德和我们睡同一个房间，就睡在她的身边。稍微有点声响，她就会起床，把她抱进怀里，和她说话。她几乎是时时刻刻在观察她的动静。可这远不能让我放心，因为这种带着焦虑的关怀让我感到不安。后来我甚至有些害怕。因为随着时间一年一年地过去，我感到丽莎似乎开始把玛蒂尔德当成了自己的一部分。玛蒂尔德仿佛成了她生命的扩展，她本人所有的欲望，以及她的种种忧虑，全都折射到玛蒂尔德的身上。玛蒂尔德每长一岁，就更像她母亲一分。倒不是外表上相像，不是的。从这方面来说，她应该是受了我的遗传。可她变得非常娇弱。虽说算不上是大问题，但她特别容易累，而且常会生毛病，要么是心脏不舒服，要么是头疼、嗓子疼。她这种弱不禁风的模样让我联想到丽莎本人，因为她也总是无精打采、病恹恹的样子。此外，她还和丽莎一样，对什么都感到害怕。怕水，怕蜘蛛，怕蛇。她拒绝骑自行车，拒绝坐飞机、坐船，这也和丽莎一样。让我感到惊慌的是，她们之间的关系似乎日渐变得封闭排他。于是我开始尝试着多照顾照顾玛蒂尔德，但丽莎不乐意，她极少会把孩子交到我的手上。丽莎是个爱嫉妒的女人。而且是一种带着病态的嫉妒——玛蒂尔德是她的财产，她不愿借给别人。渐渐地，我觉得自己已经融不进她们俩的圈子了。而且是愈行愈远。最终我被彻底排除在外。我找不到自己的位置。因为也根本没有我的位置。

这是非常艰难的几年。不知不觉间，我的心中产生了一种挥之不去的想法，我觉得，丽莎对玛蒂尔德的这种独占欲，其实掩盖了一种根深蒂固的、不可磨灭的怨恨。因为丽莎原先并不想要玛蒂尔德。女儿的出生对她来说是一次剧烈的动荡，一种无法接受的彻底转变。但同时她还是很在乎社会准则、很在乎他人舆论的，要是对女儿不闻不问，她也会有负罪感。因此，她就一刻不停地关心她，并觉得母爱就是时时保持警戒，处处不忘把控。就这样，她让自己的女儿过上了一种不可思议的生活。她总是跟在她的身后，观察她，训斥她。玛蒂尔德，把身体站直了。玛蒂尔德，把耷拉到脸上的头发弄开。玛蒂尔德，把你的东西收拾干净。别拿叉子玩，要戳到自己的。加件毛衣，不然你要感冒的。每天早上，她都要把玛蒂尔德检查一遍。她仔细地看她的耳朵和脖子，看她洗脸时到底有没有洗干净。她让她张开嘴，闻她嘴里的气味好不好。她还要检查她的指甲。她从不会让她一个人去上学。傍晚放学后，玛蒂尔德不能进自己的房间写作业。丽莎让她坐在厨房里面，自己一边准备饭菜，一边用眼角的余光监督她，确保她没有分心，一旦看到她注意力不够集中，就会立即提醒她。一吃完晚饭，她就让她回房间睡觉。为了不让玛蒂尔德在床上看书，她把她房间里的电灯开关挪到了过道上。每天晚上，她都会蹑手蹑脚地走过去，把耳朵贴在门上听里面的动静。确保里面没什么不对的地方，她说。玛蒂尔德的发型是由她来决定的，穿着打扮也全归她管。后来，女儿开始进入青春期了，但她坚决不肯把她当大女孩看待。她还是硬让她梳马尾辫，穿短袜和百褶裙。直到她不得不正视现实的时候才罢休。不过，此时她又强迫她穿起了紧身衣，她一边仔细打量她一边说道，我可怜的玛蒂尔德，要是不穿这个，你这个身体啊，肌肉马上就会松弛下去的。玛蒂尔德一个人在自己房间的时候，她常会踮起脚尖跑过去，门也不敲就往里面闯。我好几次看到她翻她的东西。不过玛蒂尔德非常小心。既翻不出日记。也翻不出信。但还是有那么一次，我在回家时听到了吵闹声。丽莎一边打玛蒂尔德，一边吼道，小婊子，骚货，你等着瞧吧，用不了多久。原来她从衣柜某一格深处翻出了一包香烟，我本想插嘴说上两句，但她冲我扔了句，你当然不会知道，事情都是这么起头的，不信你等着瞧，用不了多久，她就会在马路上四处闲逛，我可不想看到这样的事。

这样的控制和束缚让玛蒂尔德难以忍受。越往后，她的火气似乎就越大。同时，她也变得越来越狡猾。她开始编起各种各样的理由，老师拖堂，表慢了，有朋友请她做客。她渐渐开始怨恨起丽莎。一种报复式的恨，缓慢而逐步形成的恨。一种带着痛苦的恨。因为这恨里面还包含了一种深深的渴望，渴望自己能被接受。能被爱。因为玛蒂尔德知道，丽莎并不爱她。一天晚上，我在看报纸，丽莎已经上床睡觉了。玛蒂尔德当时还很小。五岁或者六岁，我记不太清了。她走到我的身边。但她并没有爬到沙发上，只是轻轻拍打我的报纸，还细声细语地欢叫着，每当我们俩难得单独在一起的时候，她总是喜欢做这样的动作，她一直站着，一句话也不说。我看着她。这时，她带着种忧虑的神情问我，为什么她对我说，要是全由她来做主的话，这儿就没有我了？那我会在哪儿呢？为了节省时间，我直接反问她，谁对你说这话的？她回答说，我母亲。谁？她没有改口。她又重复了一遍——我母亲。她从来不叫她妈妈。

我也见过玛蒂尔德的反抗，认为丽莎该做的事不做，不该做的事又做得过分。但有时她会很快产生愧疚之意，然后选择放弃。丽莎于是趁虚而入发起反攻，直到玛蒂尔德和她重新亲近起来。这种状态会维持一段时间，直到那种贪得无厌的母爱让玛蒂尔德再次感到无法忍受为止。于是又出现了反抗。但丽莎一直会纠缠不放。她需要一些依靠。她不想让她的生活也像她那些几乎总是不经思考、脱口而出的话一样，随风而逝，无人倾听。我常看到她对一些鸡毛蒜皮的小事出奇地投入，而且过了很久之后她还会想起这些事，仿佛这些事是她人生中一个个重要的路标，为她在一个过于广袤的空间里确定了方向，没有这些事，她很可能就会走上歧途。因此，每当她看到玛蒂尔德努力争取自由的时候，她就把自己的网收得更紧。她用的手段也变为更加阴险，因为从此她只会伪造出一副融洽、默契的表象。这套诡计让玛蒂尔德上了好多次当。她一次比一次失望，不过，也正是通过这些经历，她独立的愿望变得越来越强烈。怒火和幻灭感渐渐取代了愧疚和负罪感。于是她对她的母亲一天比一天疏远。她指责她。反驳她。不论是对她的刁难，还是对她的情感攻势，都表现得越来越不在乎。丽莎接受不了玛蒂尔德对她的躲避。玛蒂尔德脱离她，不受她的影响，这好比是把她的身体截去了一块。于是，有段时间，可怜的她又开始满口胡话了。她的女儿想害她，她说，她的女儿不再爱她了，也从来没有爱过她。她摆脱掉自己的母亲，又去和她父亲亲近了。从此，玛蒂尔德和莱昂斯，这两个人成了同谋，他们要合伙折磨她。不过玛蒂尔德毫不让步。于是，在胡言乱语和满脑子怪想法之余，丽莎开始拿残忍的手段作为宣泄的方式。

我本想帮帮玛蒂尔德的。本想保护她的。

我感到自己老了。废了。在这依然清凉的早上的空气中，我躺在湿漉漉的草地上，想脱离一会儿自我。只做一具躯壳。放松的躯壳。平静的躯壳。没有想法。没有故事。

但我做不到。有种恐惧，或许，在玛蒂尔德的身上，也会有……我不知道。

一声鸟的清啸传来。我睁开眼。一只鸢翅膀一动不动地以同心圆的方式在空中盘旋。

还有。据说玛蒂尔德很像我。可有时候，她在托马身边的时候。我也不知道该怎么说。脸上的某种表情。或许是某种待人处事的方式，某种提防，似乎他们都喜欢刻意地收敛。这让我很不舒服。我只好装作没看见。我对自己说，我这是胡思乱想。

鸢不叫了。它正往树丛飞去。盘旋时绕的圈也越来越小。它开始轻轻拍打翅膀，非常有节奏。

其实说到底，又有什么关系呢。这改变不了玛蒂尔德和我的关系。尽管，有时候，我觉得我的身上存在一种距离。一种矜持。

鸢钻入了树丛深处。我闭上眼睛。热气初生，草慢慢蓬松起来。几朵干枯的花裂了开来。

丽莎那些恶毒的行为。她的那些谎话。她那糟蹋一切的本事。毁灭一切的本事。她和托马，想干什么就干什么吧。这对我来说已经无所谓了。只是多了些恶心。仅此而已。

屋子的门是关着的。听不到任何声响。只有几声鸟叫。以及苍蝇和马蜂那持续不休的、低沉的嗡鸣。我又慢慢地走上了通往谷仓的那条路。我一路沿着菜园往前走。有些地方的木棚栏已经塌落。树莓和荨麻当中有条小路，一把生锈的旧水壶横放在路上。沿着斑驳不整的墙面，几朵蜀葵开得正艳。我走到了牲口棚和谷仓的旁边。我并没有看过去。我听到了蕾阿阿姨的声音，带着火气又很专横的声音："玛蒂尔德，别靠着墙走路!"

有时，屋顶上会掉下一片板岩，随着短促的甚至可以说是清脆的一声响，板岩在地上碎了开来。碎片会被人踢进沟里，日久天长，沟就变成了蓝灰色，每到下雨的时候，还会闪闪发光。

在谷仓前的那片枯草地里，闪烁着一个个蓝色、白色和黄色的小点。我采了一朵花。花冠轻薄得几近透明。我吹了口气。花随风而散。我看到了远处那些白色的铃铛花，莱昂斯和我曾经拿这些花做过游戏，朝花上猛拍一下，花就会发出噼啪的爆裂声。我想起了那一个个死气沉沉的夏天，无聊的感觉漫长无边。我迎着阳光躺在地上。读书。听身边的"夏日组曲"。我到处找四叶苜蓿草，但从不曾找到过。最后，我总会倦得闭上眼睛。我胡思乱想。尽力将苍蝇和蚂蚁从身边赶开。我一边紧闭双眼，一边听各种低沉的声音在耳旁吵个不休，我开始厌恶起这片乡村，这是个永远不会发生任何故事的地方。我想到了未来。慢慢地我产生了一种信念，等我长大成人，这一切就会结束。我会去我想去的地方。我会做我想做的事情。我永远也不会再回到这里。

很高的高空中，掠过了一架飞机。我把绕在手指上的一根茎叶解了开来，并把它扔到了一边。

我现在已经长大成人了。我又回到了这里，面对着一段模糊往事的留痕。去寻找一些我也不清楚究竟是什么的东西。

直到如今，我一直在生活中践行一种"焦土战术"。每年我都会重新整理一遍通讯录，把里面的名字划掉一部分——老交情一旦变淡，一旦变得不再确定、不再牢靠，那也只好就此作罢。清理，挑选，归序，扔弃。这种怪毛病是在莱昂斯去世后不久出现的。当时，我的生活和我的精神慢慢陷入一种可怕的混乱状态，或许我是靠这种办法在抵抗。它可以掩盖一片充满威胁的阴暗区域，一片我小心翼翼极力避开的区域。以前我什么都不整理。事情越是处在千头万绪、千丝万缕的混乱局面中，我就越感到放心。他的死改变了一切。

我来到丁香树旁。发黄的叶子中，露出了几朵淡紫色的干枯的花。

这么多年过去了，我何苦又回来，在废墟中翻寻遗踪。我只身一人立在这荒园里，我知道，其实我不会了解到任何新的东西。我也知道，我将一直与一种我并不清楚是什么的东西进行斗争。那么，就什么也不看，什么也不想，任凭这阴影继续存在下去吧。

可是，我还是来到这里，盘问自己。心如刀绞。因为近来，又或许是长久以来，我内心里存在着一种渴望，一种迫切的需求，想知道事情的原委。或者是猜出事情的原委。于是，我来到这里，心中翻江倒海。带着一种把事情弄糟了的感觉。还带着一种负罪感。当时所有人都说，那是一次意外。可这么多年过去后，我已经很清楚，我一直以来都在怀疑。或许他无法接受这件事吧。一种过于强烈的痛楚。她那带有侮辱性的轻蔑态度，让他产生了一种过激的反应。不过或许他本不知道这些。是我，是我那套愚蠢的把戏，把他带上了这条路。是啊，万一是我把他的眼睛给擦亮了呢，我当时偶尔会跟他乱说些话，为了看他的反应，就那么胡说。而他呢，尽管起初将信将疑，但还是开始注意观察他们。后来，他可能真的起了疑心，便跟踪起他们。他还很可能看到了他们的事。于是，他感到震惊，感到厌恶，便拿起了枪……

不，这不可能。因为他要是事先不知道的话，才真的不可思议。一切都是这么清楚明白。托马一旦不在，我母亲就会一副不耐烦的模样。他只要一回来，她的脸上便会露出喜色。她与莱昂斯单独相处时，脾气又总是那么坏。他们两个总会很凑巧地同时看不到人影。每次迎面遇上，两人总会面带微笑，身体发生摩擦。他怎么可能看不懂呢？还有卡米耶。或许她也对他说过这事。因为卡米耶她是知道的。她跟踪过他们，监视过他们。她绝对看到过他们的事。有天早上，在背斜谷那儿，她硬拉住我不让我往前走，像是要把我藏起来，或许原因就在于此吧。卡米耶一直保持沉默。听之任之。从不吵。也从不闹。或许这样能让她安心吧。因为这样的话，托马就不会找她麻烦。我想起了一天晚上的事。夜已经很深了。天气闷热难当。床单都黏在人的身上。我无法入睡。于是我爬上阁楼，在旧箱子里翻来找去，我想找本画报，翻翻照片，总之只要是能打发时间的东西就可以。他们的房间就在隔壁。我听到了一种清脆的响声，很有节奏，很有规律。一种猛烈的、不平稳的气息。当中还夹杂着哽咽声。哽咽声起初还很低沉。但随着喘息声加速，哽咽声也变得越来越响。卡米耶在哭。当一切结束后，她开始抽抽噎噎地哭出了声。我踮着脚尖下了楼。

但我还是无法真正地坦然。因为我无法解决一个核心的问题——要是莱昂斯事先就已经知道，那他怎么能做到一言不发的？就在他的眼皮底下。就当着这里所有人的面。他难道不需要任何尊严吗？于是，我的那种感受又重新浮现出来，尽管我无数次试着远离它，但它最终还是植根于我的内心。因为抵抗得太久，这种感受反倒变成了一种强烈的情绪。仿佛是某种可怕病症的先兆，没人愿意把它当回事，总是说这没什么，会过去的……可在此期间，病症慢慢发展，慢慢巩固，然后猛烈地爆发出来。不知不觉间，我终于对莱昂斯产生了轻视。因为我慢慢地开始怀疑，怀疑他性格中带着一种懦弱，一种对他人、对万事、对世界的屈服。但起初这只是一种模糊的感觉，偶尔会因为他简单的一句话、一个态度激发出来，而更常见的诱导因素是他的沉默，他的消极。我最终承认并接受这个残酷的现实，明确自己对他的轻视，是我看到他踉跄并摔倒的那一天。我的父亲是不能摔倒的。可是，他现在就是这样，倒在地上，满身尘土，一副惊慌失措的模样，一只手的掌心上粘了血，另一只手撑在地上想带起身体，可脚下的石头让他不断打滑，每尝试一次，他都只能再摔一回。很快，他就泄气了，也彻底地放弃了。他半躺着坐在原地，等别人来帮他。于是，猛然间，这种感受无可阻挡地涌上了我的心头。我的父亲，是个孱弱的男人。不够坚定的男人。一个明晃晃的事实。也是个毁灭性的事实。因为我突然间确信，这个父亲一直就不能算有。当然，他人是在的，和我的母亲还有我生活在一起，但他是个透明的人。一个不知道如何，或者说，也根本不愿意介入到她和我之间的影子式的人，一个听凭她将我吞噬的人。因此我无法控制这种轻视，对这个选择放弃的父亲的轻视。这是种痛苦的感受，因为此刻我明白了，他们两人是以各自的方式对我不闻不问，面对他们，我是多么的孤单……但这也是种矛盾的感受，因为我很清楚，只有他并没有完全逃避责任……就是从这一刻起，我开始对他疏远起来。我恨他游离事外，恨他屈服退让。于是我想给他制造痛苦。

　　不会的，我乱说的那些话，还有我那些愚蠢的问题，根本算不得什么。当然是因为他的这种懦弱，才会使他对我母亲和托马的事保持沉默。因为毫无疑问，他是不爱她的。没人会爱我的母亲。只有和她类似的人，才会对她产生某种兴趣吧。很可能是出于这样的道理，才有了我母亲和托马之间的事吧。因为托马他也是个怪人。当时我十二岁。或者十三岁。是个雨天。一场震耳欲聋但说停就停的倾盆大雨。很快，积水就在七月的阳光下蒸发殆尽，空气中已经闻不出任何潮湿泥土的气味。我们把车停在路边。然后朝灌木丛深处走去。有蘑菇，他说。但我们一个蘑菇也没看到。回到车上后，他迟迟不肯发动车子。他向我转过身来。他的眼里放着光，嘴半张着。突然，他一边盯着我不放，一边伸出一只手，插进了我两腿之间。从我的大腿缝中硬塞了进去。我怎么也想不起来，当时我究竟对他说了些什么。他打了我一个耳光。我的头撞到了车窗玻璃上。我哭了。一方面是被他打哭的。另一方面是因为，在此之前，我还是挺喜欢托马这个人的。小时候，我常常会被他身上的某种东西所吸引。他前臂上突出的青筋让我着迷，他身上的烟草味道，他在卷烟时的那些细致的动作，也让我很喜欢。还有打火机火焰高高蹿起时他把头侧搭在肩膀上、闭上左眼的模样。有一天我对他说，托马，教我抽烟吧。他笑了。可是这一次，在车子里面，我身体里有种东西表达了抗拒。一种震惊，一种不解，因为眼前的事让我感到不可思议、违反常理。回到屋里后，别人问我为什么哭了。我看着托马。他泰然自若。我什么话也没有说。

我绕过谷仓往回走。我来到了屋子的背面。草地上有个东西在滑动。一只乌鸦飞了起来。

四级台阶中，第三级已经开始松动。台阶上方的屋门是虚掩着的。我抓着扶手爬了上去。手感非常粗糙，还有种呛人的生锈的味道。几块红褐色的碎末落了下来，粘在了我的手心。我推开房门。我在门槛那儿停了一会儿。一动不动。什么也没有看到。

我什么都没说过。不过，每次跟踪他们的时候，我心里都会想，这一次，我要装作不小心撞见他们，我要向他们表明我知道此事。或者，我一句话也不告诉他们，等哪天晚上，在饭桌上，我把所有事都抖出来。当着大家的面。一想到这幅场景，我就会禁不住笑出声来。可我还是什么话也没说。什么事也没有做。这能起到什么作用呢？我会让一座辛辛苦苦、精心设计而成的建筑轰然倒塌。要是托马走了的话——除了这样他还能怎么做？再说，他确实也没有别的选择，因为蕾阿显然无法承受这样一种耻辱——要是他离开我们的话，农场也就完蛋了。到那个时候，我们的未来，蕾阿和我的未来，将会是怎样？重新回到一切都要斤斤计较、一切都要精打细算、一切都只能勉强维持的那段日子，实在是件不可想象的事。屋子里冷飕飕的，屋顶还漏着雨。房门，百叶窗，地板，没有哪一处不是坏的。不，回到这种生活是想也不要想的。我不能这样做。

这不仅是为我自己考虑，也是为蕾阿考虑。因为尽管弄出了这么一段婚姻，我还是一直觉得对蕾阿有所亏欠。我也不清楚具体是亏欠了什么。但我有种感觉，我在不知情的状况下欠了她一笔债。而且，这笔债我是永远无法向她还清的。我知道这很荒谬。可我无法摆脱这种感觉，有时候，我还会因此产生负罪感。至于罪在哪里，我就不清楚了。或许是因为她身上有种东西让我感到害怕吧。甚至可以说让我感到恐怖。她那冷漠、严厉的眼神常会把我贬落得像个犯错被抓的小女孩。她不是丽莎和我这样的人。有时，她会让我觉得很陌生。矜持。生分。的确，她接受的教育和我们不同。她在音乐上具有天赋，在阅读上品位高雅，她的学识仿佛是一道将我们和她隔开的高墙。但另外还有个原因——她太像我们的父亲了。她和他一样，高傲，专横，独立。她继承了他坚强的意志，让她不屈不挠。或许正是她表现出来的那种旺盛的精力和坚定的信念，才让我不时感到震撼吧。于是我也难免会想起我们这一带曾盛传过一段时间的流言。有人说，丽莎和我的生父与蕾阿不同。不过这都是无稽之谈。究其根源，是因为我父母之间存在显而易见的不和。他们分房睡觉，互相躲着对方。就算两人碰巧走到一起，基本上也不会说话。甚至在他们有限的交流中，气氛也非常紧张，让人有种一触即发的感觉。我曾想和蕾阿谈谈这件事，但每次要说的时候，我总觉得她的眼神中有一丝寒意，这让我只得打消念头。

此外，还有莱昂斯。我是挺喜欢莱昂斯的。我能想象得出，这会让他产生多大的痛苦和折磨，又要让他忍受多大的屈辱，他是多么老实、多么正派的一个人啊。不行。我思前想后、反复斟酌，不论怎么想，都觉得这件事牵连太多，风险太大。对我们所有人来说都是如此。我感到自己无权这样做。

不过，一想到自己其实处在更有利的位置时，我就安心了——我清楚他们的事，他们却蒙在鼓里，这倒成了我的一把武器，我想用的时候就可以拿出来用，我想怎么用就可以怎么用。此外，我内心里还稍许有几分羞耻感。因为，每次我想象他们在一起的时候，或是看到他们在一起的时候，除了深深感到厌恶之外，还夹杂着一种……我也说不上来是什么样的情绪。某种快感。或许是兴奋感。我想，这要不是我妹妹而是个外人的话……可现在，这个人是丽莎，那就有点类同于是我本人了。不过，我还是极度害怕，害怕突然被人撞见。有时候我甚至会冒出这样的念头，他们当中是不是有个人已经看到我了。或者是托马已经知道了。

又或者是他已经猜出来了。于是，我变得难于承受他的眼神。因为万一真如我所想的话，他肯定会暗地里嘲笑我的。更糟糕的是，他还会鄙视我。我被这些想法弄得浑身难受。于是我开始恨自己沉默不语，恨自己没有利用这种有利的处境。明天一定要开口，明天绝对要开口，要是明天他们还这么做的话，我不会听之任之的，我会开口说出来的，管不了我将来怎么样了，也管不了蕾阿，管不了莱昂斯了。可到了第二天，我又和先前一样束手无策。于是，我又一个想法接一个想法地来回换主意。各式各样的问题，布满陷阱的问题，一个个从我心头跳出来，形成一团乱麻。我越想看得清楚，就越找不到头绪。于是，我彻底不知道自己在期待什么了。我看不到任何出路。也找不到任何人可以倾诉。或许只有莱昂斯可以。但这也是不可能的事。因为有关丽莎。也许我可以篡改一下故事，编造出另一个女人。可这儿并没有其他人来。他会猜到的。而且莱昂斯不是个会妥协的人。一切都会搞砸的。

于是我开始等待。等待日子一天天过去。等待尘埃最终落定。或许我还指望能有意外出现。等夏日终了，丽莎离开，托马就会和我走得近一些。那么，也许……

但其实我很清楚，每一天，我都变得更为

封闭。我深深地陷了进去。所有这一切开始转变成一种挥之不去的梦魇。我唯一的希望，就是发生点什么事情。不管是什么样的事情，只要它能提供一个出口，让这段根本就不该开始的故事收尾了结。此刻我并没有料到，我的这个愿望居然会在完全出乎意料的情况下成为现实。

现在，我明白我错了。弥天大错。因为这是个无可弥补的错误。我不该沉默不语。我应该把事情说出来，不去考虑什么后果。因为后来所发生的事将我们的生活卷入了惊涛骇浪。

真是够疯狂的，男人能有多蠢啊，天真得让人难于置信，还是拿托马为例吧，尽管他没对我说过，但我很清楚，他娶卡米耶就是为了钱，说到底他还能从卡米耶那里得到其他什么东西呢，只能是钱，这真是让我笑死了，因为很早以前这里就没钱了，我对托马说过，要是她们让你以为她们有钱的话，那她们就是在要你，就拿我来打比方吧，要是这里有钱，我肯定不至于离开，我也不会和莱昂斯结婚，后来的情况也肯定比现在强，因为那样的话我就不会生下玛蒂尔德，这个小家伙她不知道自己运气有多好，不过这话我很早以前就对她说过，她那时应该是五六岁吧，那天她把我给惹火了，她不停地抱怨，到底在抱怨什么我也记不清了，反正她一直在嘟嘟囔囔，她从来就没满意过，而且一直到现在也是这个样子，跟莱昂斯一样，我对她说你消停点，要是全由我来做主的话这儿就没有你了，这可是句真话，这个小丫头我当时根本就不想要，她能出世全亏了莱昂斯，因为我要还是一个人的话，我什么事都会尝试尝试，她出世以后情况就不同了，我只能慢慢适应，她在我身边，我就再也没有别的选择了，不过我不知道她当时那个年纪能不能听懂我在说什么，这话后来我没有重提过，其实说到底和她这个人谁也谈不出什么东西，但可以肯定的是，这里老早就没钱了，在我们父亲死的时候就已经没钱了，据这里的人说，他几年前就和情人把钱全糟蹋光了，这非常有可能，因为我记得，在我小时候，家里还没有变成后来那副模样，屋子里有用人，地里也有佃农干活儿，他们是托马的父母，我们那时生活得很好什么也不缺，此外我还清楚地记得，蕾阿一直在上钢琴课，她甚至开始学习各国的语言，还被带到城里的图书馆、博物馆，享受着一种属于名门闺秀的真正教育，她每次回来，只要同卡米耶和我说话，总是话没开口就露出一副神气得不得了的模样，我本以为等我长大了就该轮到我了，可到了那个时候什么都没了，钱也没了，于是所有这些我都无权享有，用人们一个个都走了，以前不需要我们动手的事也必须开始干了，烧饭，打扫房间，缝缝补补，洗洗熨熨，只有父亲他什么事都不干，一整天在树林里、田野中散步，他说他随便看看，可有什么好看的呢，他从不会去播种小麦也从不会去收割牧草，他总是在等，也不知道到底在等什么，正因为如此，一切都没了盼头，而所有这些全都是因为父母不和造成的，弄到最后，父亲变得极为消沉，据说还得了病，一点点小事就会让他不快，惹他发火，把他搞得怒气冲冲，满脸通红，浑身发抖，有一天他抓起个花瓶冲母亲的头上砸了过去，只因为鸡煮得太烂了，味道也不够咸，可医生是禁止他吃盐的，他满肚子牢骚，但其实他已经什么事都承受不起了，他们两人原本就一直不怎么说话，自那以后更是互相躲避，每次碰面总会冲着对方劈头盖脸地不停咒骂，完事以后她高傲地装作什么事都没发生过，而他则上楼把自己关在书房里，一待就是几个小时，甚至几天，蕾阿会去敲门，然后把饭送给他，他也只会为她开门，他每次从楼上下来时，对我们这些人是一句话都不会说的，我想过好几次，别人说的是不是真的啊，他们说他不是卡米耶和我的亲生父亲，不过从来没人这么说过蕾阿，不管怎样吧这些话或许只是邻居们传播的谣言，因为这里没人喜欢我的母亲，大家都说她冷淡、傲慢，甚至蕾阿也不喜欢她，别人还说我父亲之所以找了个情人是因为我母亲根本不在乎，她早就有好几个情人了，证据就是卡米耶和我，不过这一点我永远也无法弄清楚，因为哪怕我去问蕾阿，我也不敢保证她就会对我说实话，她太讨厌我们的母亲了，她把所有的罪名都安到了她的头上，而同时她又找遍理由将父亲那些荒唐的行径开脱干净，哪怕在他什么事也不做的时候，哪怕在他把我们弄得一文不名的时候，到最后她说，母亲是父亲这场病的罪魁祸首，后来又变成是导致他去世的罪魁祸首，我说蕾阿你怎么能乱说这样的话啊，她回答我说你闭嘴，有太多的事你不知道，但事实是母亲头上被砸了花瓶、餐盘、玻璃杯，总之一切落到我父亲手上的东西后，她受够了，于是她重新在饭菜里加盐，结果最后就被说成她是这样害死他的，不管怎么说这都太荒唐了，因为母亲是知道蕾阿讨厌她的，甚至可以说有时候她还挺怕蕾阿，在蕾阿面前她总是一副犯错被抓现行的模样，的确蕾阿看上去也总是一副要指责她的架势，不过说到底母亲也不喜欢蕾阿，她更偏爱卡米耶和我，不过那些话实际上都是胡扯，因为家道衰落是我父亲的弟弟造成的，具体发生了什么永远没人搞得清，但自从父亲一去世，他弟弟就不停地纠缠我们的母亲，让她给他钱，他说他有字据能证明父亲向他借过钱，他要求偿还，他已经尽其所能等了够久的时间了，但他现在需要钱，因为他儿子想当医生，他要把儿子送到城里去，所以母亲必须还债，她听了大吃一惊，因为她根本不知道有这么一笔债，她诅咒父亲因为这些钱肯定是用来养他那些情妇了，不然她肯定知道钱上哪儿去了，可现在家里一点钱也没有了，而且据她说，她的小叔子不停地骚扰她，紧盯着她不放，让她不胜其烦，于是，为了还清这笔债也为了生活，她开始变卖树林、变卖土地，一片接一片地卖，每个月都有几公顷的产业消失，同时，每个月我们的叔叔都会在固定的某个日子出现，取走他的那笔欠款，我母亲就站在门口迎他，从不让他进屋，她递给他一摞钞票，他不急不慌地翻起钱角，一遍一遍地数着，她很不耐烦，等他写好收据她就转背不再看他，而他似乎以此为乐，并常找卡米耶和我说话，但他从不会惹蕾阿，后来有一天他死了，我母亲一个字也没跟我们提过，但我们不知道通过谁还是知道了这件事，于是她不再需要变卖土地了，可除了几块荒地和荆棘，已经没剩下什么别的东西了，我不明白托马怎么不知道这些情况，或许他当时已经离开这里了，但他的父母是知道的，很奇怪他们怎么没对他说过这些，其实说到底别人家究竟会发生些什么我们是永远也搞不清楚的，换到这屋子里也是一样，特别滑稽的是，只有在托马问我的时候我才会回想起所有这些事情，平常我根本不会去想，这样也好，要不你就会发现其实你很多事情都不知道，而且也没人能够为你解疑，原因很简单，你没办法提出这些问题，要么是缺乏信任，比如和蕾阿在一起时，当然和她在一起还有别的情况，她让我发慌，这很荒唐但事实就是这样，我就是不敢造次，我也不知道这是为什么，要么是遭人冷眼，比如和莱昂斯在一起时，有一天我问他为什么没娶蕾阿却娶了我，他像只紧闭着壳的牡蛎一样硬是不肯开口，他那脸色苍白的样子我还以为他身体不舒服呢，我又重复了一遍，最后他吞吞吐吐地扔出一些话，就是这样啊，事情就是这样的啊，又或者是说，现在这样挺好的啊，我没听清楚，但的确他们以前总在一起，一起讨论问题，一起弹琴，他们年纪也差不多大，还是挺奇怪的，说到底也是挺遗憾的，我本该换一个人结婚的，比方说和托马结婚，有天蕾阿就是这么说的，我也不知道她是不是在开玩笑，但至少托马是个开朗的人，他会笑，他人也不复杂，不过他运气不好没有生在好的人家，最后多亏每年夏天有他在这里啊，要不然，一整年和莱昂斯还有玛蒂尔德闷在一起，我想我会发疯的，莱昂斯的担心也真是滑稽，因为毫无可疑之处啊，他只要睁大眼睛看看，就能看出玛蒂尔德是多么像他，成天在那儿想事，也不知道想些什么，总是把脸埋在书里，从来就没有开心过，至少和我在一起时是这个样子，因为她和她那帮男男女女的朋友在一起时她是有话说的，她是会笑的，不过她现在这个年龄我也要开始小心了，一到晚上七点，必须给我走人回家，可她一和我在一起就完全是另一副模样，总是冲我摆着个脸，我就纳闷了我到底对她做了什么啊，是的真是亏得有托马在啊，我们很小的时候就认识了，尽管我母亲不愿我和他在一起玩，因为他是佃农的儿子，我和他不能混到一块儿去，而且他太脏了，有一天我母亲和我一起上他们家，的确那里面黑乎乎的气味也不好，我母亲差点恶心得要吐，因为托马的母亲正在梳头，梳子的齿上粘满了油垢，我母亲只得竭力转开视线不往上面看，不过我父亲，他对这些不太在意，有一天他们在吵架时说到了托马的母亲，我母亲用一种粗暴而厌恶的口气对他说，你啊找这么脏的一个人你居然也不感到恶心，不过这事也肯定只是传闻罢了，再怎么传也跟我们没有关系，就像我和托马的事情，除了他和我，与任何人都不相关，特别是不关我那个蠢女儿什么事，我都清楚，因为他告诉我了，有天他在发动汽车时不小心在车子里面碰了她一下，她居然对他说，你是不是想把对我母亲那一套用在我身上，她不能满足你吗？托马打了她一耳光，他打得好，后来这个小贱人还跑到莱昂斯那儿乱说托马对她做了什么事情，真是个骗子，一个颠倒是非的家伙，而这就是我的女儿，真是不能对她有任何信任。

一直躺着。不再动弹。封闭自我。不让这种感觉胁迫自己。但这是不可能的。它完全吞没了我。厌恶。强烈的厌恶。极度的厌恶。厌恶别人，在这里的人。也厌恶我自己。而这正是最让人无法承受的事。因为没有任何从头再来的可能了。我太孤单了。我太老了。恶心。疲惫。无尽无休。这如同是我们都经历过的那种夜晚，你什么事都不想做，也对什么事都提不起兴趣，到床上躺下，一方面毫无睡意，一方面却没有任何东西能引起你的关注，激发你的欲望。对，就是这样。我倦了。彻底地倦了。我不再有反抗的念头了。不过，我又何曾反抗过呢？我实实在在地反抗过吗？堂堂正正地反抗过吗？尽自己所能去反抗过吗？我不知道。我认为没有。仿佛，始终，有种力量，无形的力量，在挡着我。别给自己惹麻烦。别去冒任何风险。比方说那天玛蒂尔德跑来对我说托马惹她。我很清楚这是指什么。可我竟然说，别乱讲！托马这人不坏，他只是想跟你闹着玩，话一出口我就真切地看到玛蒂尔德震惊的样子。在我的身上，在她父亲身上，她寻求不到任何保护，她的苦闷得不到任何一句声援，任何一声共鸣。我本该冲着他的脸，冲着托马的脸，猛揍一拳。但我没有这么做。不是因为怯懦。而是不想提供任何机会，让这桩丑闻变成众所周知的事实。不采取行动，就是想尽快终止。并由此了断所有可能引发的是非。自从有了和蕾阿的那段事，我就一直害怕这种把一切都搞砸的行为，害怕这样的行为会造成种种无法控制、无可逆转的后续故事。的确不假，我娶丽莎是给蕾阿造成了伤害。但她反过来也铸下了不可弥补的过错。对玛蒂尔德来说是这样。对我来说也是这样。对我们这里所有人来说都是这样，现在大家都陷在一种难以摆脱的处境中，但又必须找到破解困局的出路。

蕾阿以为我喜欢丽莎而不喜欢她。不是这样的。我当时感到害怕，这就是全部原因。我害怕蕾阿对她父亲的那种爱。一种超出常规又容不下他人的爱。他的死使这份爱变得更为强烈。他的离世对蕾阿来说是场悲剧。她当时对我说过，今后她会多么想他，她从此又会感到多么孤单，她说得很清楚，她父亲一直以来是她唯一的依靠，也是她唯一不留余地彻底信任的人。她曾说过，他们之间有一种牢不可破的默契感，每当她遭遇不公、被人恶意中伤的时候，这种默契感基本上都能成功地消除她的不快。有天早上他们一起散步，他教她辨识各种树的树名，此时他对她说，你是我仅有的、唯一的可靠的人，虽然她并不很清楚他这句话到底意味着什么，但还是有一种无限的喜悦之情油然而生。她还说过，让她感到痛心的是，父亲在世时，她没有完全体会出他们这种关系的丰富内容和深刻含义。她责怪自己，觉得没有把自己对他的爱充分表达出来，而他为她所做的一切，她也没有尽力地表示感激。这让我感到非常惊讶，因为长期以来，我亲眼见证了他们父女之间的种种交流，我觉得她突然把他们关系的性质和程度升华到过高的境界。蕾阿彻头彻尾地造出了一种根本没存在过的东西，或者说，至少是与事实大相径庭的东西。她在这方面表现出过于强烈的热情，这热情中带着某种对逝者的个人崇拜，对他的人品和功绩仿佛有种密教式的笃信，这让我产生了警惕。于是我开始怀疑。开始产生疑问。她对他的顶礼膜拜无时无刻无处不在，这让我们之间产生了一种距离，我看不清在这样的距离下会演变出怎样的结果。我建议等我们结婚后从这里搬出去，但她一口回绝。她对我说，莱昂斯，你看，这里的一切都会让我想到我的父亲。在这里他是无所不在的。仿佛他从不曾真正离开过我。从这里搬出去那就是让他彻底死去。听了这话我猛然间就清楚了，她决不可能再像爱她父亲那样去爱另一个男人了。我对她来说将永远是个外人。最多，是个在她身边却要保持距离、不能分享她生活的人。有那么一刻，我脑子里闪过这样一个念头，终有一天，她会恨我，恨我还活在人世。于是一种反抗的情绪席卷了我的全身，一种非走不可的念头无法平复地占据在我的心头。因为我明白了，在这个女人身边，我永远也找不到自己的位置。有时候我觉得，蕾阿之所以会对她父亲产生这种无条件的爱，是源自她对她母亲的恨，仿佛那是一种间接的催化剂。她指责她母亲，认为是她抛弃了他，使他陷入了荒唐的境地。是她将他弄成了一个可怜的人。一个借助酒精和病痛来逃避的人。一个变成这里所有人笑柄的人。因为他们的事在这里已经众所周知了。大家搞不清的，无非是出轨的对象是谁。直到有一天兄弟俩狠狠地吵了一架。此后大家对事情便有了定论——她和她的小叔子睡了。出人意料的是，父亲并没为此闹过。据说，这一方面是为了遮丑，另一方面是因为他还处在半信半疑的状态中——他的妻子怀上了丽莎。他闷声不语。自我封闭。据说，他先是躲避他的妻子，然后就对她完全无视。而她呢，过了段时间，她又怀上了一个孩子。他于是远离人群，独守孤寂，借酒消愁，他喝的量越来越大，喝的速度也越来越快。很快，他就完全变了个模样，成了个老态毕露的男人。他开始用过激的行为表达自己的愤恨。慢慢地，他对农场也失去了兴趣。到最后，他连一点儿农活也不干了。在他死时，家里面已是债台高筑。弄到最后，三个女儿能继承的东西，就是个处在破产边缘的农场。蕾阿的那套把戏，我很快就看透了。对她来说，能继续在这里生活下去的唯一办法，就是让卡米耶嫁给一个既肯干活儿又有胆量的男人。这个男人就是托马。托马其实并不清楚，这两个女人当时处在怎样的窘境，他以为，农场荒废是因为她们打理得太马虎。托马就这么掉入了蕾阿布下的陷阱。不过我怎么能，又凭什么能下这样的定论呢？因为毫无疑问托马他也有自己的算计啊——他认为，娶了卡米耶，地就归他了，除此之外，他还可以报复，毕竟她们的父亲曾剥削过他的父亲。不，我决不能原谅蕾阿的地方，是这段故事的后续发展。她把我们的生活弄成了这副模样。她在报复。她的报复将我们所有人都卷了进来，并渐渐把我们带上了毁灭之路。

119

我躺着。躺在黑暗中。睁着眼睛。入夜已经很久了。所有人都去睡了。听不到任何声响。只是间或会传来某种夜行鸟的叫声。还有风起时树的晃动声。

从此我就是孤身一人了。连玛蒂尔德也不再来了。不过她要是还来看我的话，我会不会跟她解释解释呢？我不知道。还有那么多的事我不明白。

究竟要怎么做，才能将这一条条线串起来，然后再组成一个完整的故事呢，故事里的每件事，就算不能都找到各自的意义，也该一件件各归其位。可我的故事，我们的故事，是一团乱麻，是一段段散乱的、没有关联的片断，不过，尽管这么说，终归还是能从中辨识出一个方向，找到一种连贯的逻辑关系吧。

夜复一夜，在黑暗中，我思前想后，把发生过的事情和做过的决定都回顾了一遍。我想搞清楚这台机器到底是在哪一刻卡住的。我想把混进去的杂质找出来。不过说到底或许机器并没有破损，或许就该发生这样的结果。

但事实并非如此。我的母亲。要是没有她，这一切或许什么都不会发生。我的意思是，要是她没有做那些事的话。天啊，那时我怎么会那样恨她啊。到现在我依然恨着她。我实在是太不在乎所谓要对逝者保持尊重的道理了。她也确实无法让人做到这一点。从来都不可能对她产生什么尊重之情。一个高傲的、自私的女人。对她来说，别人的痛苦根本算不得什么。一个能和自己丈夫的弟弟说上床就上床的女人。那是个反复无常的怪男人，在同一天内，他可以一会儿神采奕奕、忙忙碌碌，一会儿又垂头丧气、萎靡不振。一个老是在琢磨自己健康状况的男人。他觉得所有人都恨他，有很长一段时间，他都是紧闭门窗足不出户。我真是不明白她怎么会爱上这样一个男人。假设她是爱他的吧。因为像她心肠这么硬的女人，应该是不会爱上任何一个人的。爱不爱又怎么样。或许她只是为了激怒我的父亲。把他逼疯。突然有那么一天，那个弟弟，他开始不见踪影。这里的人说他死了。但并不是这么回事。他变得越来越消沉。他试图上吊自杀。但女佣及时赶到，又或者是绳子断了，我记不清了。他年纪大了，又总是哭哭啼啼，让所有人都觉得烦，所以他们决定把他关起来。不过这件事，她原本是永远也不会说的。但在最后那段日子里，他们两人互不说话了。因为他做得有点过分，那个弟弟。我母亲始终没离开自己的丈夫，这一点他永远不能原谅她。在我父亲去世后，他开始报复。一天，他突然出现在农场。我记得，当时正下着雨。我们刚刚吃完饭。她又惊又怒，冲他吼了一句，我早跟你说过……情急间她忘了用您来称呼他了。他一句话也没有说。我们就在旁边看着。于是她猛地把他拉进了客厅。我和妹妹们开始收拾餐桌。丽莎和卡米耶洗碗。我归整东西。透过紧闭的房门，他们对话中的只言片语还是传进了我的耳朵。他要求还债。我母亲一口拒绝。他说有字据。他可以出示凭证。过了一会儿，他神气十足地出来了。走之前还匆匆和我们打了个招呼。我母亲把门狠狠地摔上，然后我们一整天都没再见到她。后来，她就开始卖地。而他则定期过来要钱。她再也不允许他进屋。就算下雨天也不行。她就由他把我们洗劫一空。从不做任何核查。我对她说，他是在骗我们的钱，我知道这到底是怎么一回事，她听了竟然打了我一个耳光。

　　夜色深沉，一片漆黑。一道月光都没有。这里肯定只有我一个人晚上睡不着。这些老人们个个都是成天在打瞌睡。要么就是翻来覆去地唠叨。唉声叹气地诉苦。他们总是把这一天的事当成那一天的。总是忘事。我也很想忘事。但我的记忆还在，并且随时会跳出来。它不知疲倦地一遍遍将我带回到同样的画面，同样的往事。

还是挺滑稽的。我的父亲。还有莱昂斯。这两个男人。对我来说仅有的两个重要的人。这两个人都屈服了。他们都听天由命。这两个人，他们的生活被她们弄得混乱不堪。我的父亲，在他最后的日子里，已经成了个徒具形骸的人。他喝了太多的酒。站都站不稳。而她一点儿也不在乎。她甚至不遵循医嘱。到最后，他只能吃面包和水果了，但也只有我会把这些吃的带给他，否则的话，他可能就什么东西都没得吃了。还有莱昂斯。不过，他么，他的情况不太一样。他离开了我。而且是他做的选择。但这并没有给他带来好运。根本没有。丽莎。做那种事。就在他的眼皮底下。不管怎么说，我对这件事没有任何责任。至少，没有太多的责任吧。起初，这只是对莱昂斯的一种小小的报复。让他嫉妒。让他尝尝我过去受的苦。我想让他明白，在他离我而去时，我究竟有过怎样的经历。我很了解丽莎——她根本无法真正去爱任何一个人，但在某一段时间内，所有人都可以让她动情。在丽莎身边美言几句

123

托马，对他与卡米耶结婚的事表达一下遗憾，这实在是再简单不过的事了。一个这么好、这么勤劳的男子汉，本该有个性格开朗的妻子。总之，就是像丽莎这样的女人。而从她这边来说呢，莱昂斯也不太配她，因为他成天阴沉着脸，还总是忙个不停。很可惜，他们当初没能遇上。我知道，从此以后，丽莎就开始了自欺欺人的生活，她做起了不切实际的从头再来的美梦，她开始不停地想着托马，说着托马，一有机会就提起他的种种言行举止，莱昂斯应该都看得很明白，她对他有点动情了。事情本该到此为止。莱昂斯和丽莎总要离开这里的，一个月后，一切都会被淡忘。不过，这样已经可以让莱昂斯体会到，我当时究竟有怎样的感受。可是，事情的发展并非如此。进程开始失控。很快局面就超出了我的掌控范围。我压根没想到，丽莎竟会走到这一步。托马这个人，他是不太一样的。一个为达目的不择手段的人。他之前没能如愿。于是他就再无顾忌了。可丽莎她怎么能这样呢。说到底，或许我本该考虑到这些的。因为从头再想一遍就可以发现，她的所作所为很像她的母亲，只是细节上略有所不同罢了。

　　我突然感到一阵燥热。我打开灯，下了床。我将一条湿毛巾搭在冒汗的前额上。我注视着镜子里那个面色苍白的女人的脸，皮肤已经起皱，眼睑已经松弛。我认不出她是谁。

你们不能对我这么做。你们没有这个权利。没人可以这样糟蹋我的生命。我，蕾阿，我一直孤身一人，孤伶伶地度过了这些年头，一次次失败的约会，让我经历了一场又一场打击，但我一直告诫自己不要沉沦，也不要向别人表现出任何情绪。你们这帮人，有谁能懂？个人的那么一点小悲剧就能让你们手足无措，可我经历的这一次次痛苦、一次次怀疑、一次次放弃，我要克服的所有这些困境，你们是否有那么一刻想到过，你们又是否有哪怕一点点体会呢？恐怕没有吧。你们或许以为，经历这些事的是另一个蕾阿，一个强大的蕾阿，她什么东西都不需要，她也谈不上有任何牺牲，因为她没有任何期待，没有任何欲望，她在她那架音跑了一半的老钢琴上弹几首曲子，她就心满意足了，她在家里就是为别人服务的，你们把自己的生活弄得一团糟弄得可怜巴巴的都没有关系，因为有她来做救命稻草。是的，没错，你们说得很对。这是另一个蕾阿。但她不是我。

我看着镜子里这个流泪的女人。她似乎在微微发抖。我认不出她是谁。

我放下镜子。回到卧室。透过百叶窗向外

125

看。远处，在那团阴暗浓密的树丛后，一道微光依稀可辨。我拉开窗帘。回到床上。我躺了下来。关上灯。是的，现在没那么黑了。我闭上眼，平静了下来。我已经不太明白，之前究竟是什么让我如此不安。我自以为理清的那些线索，我自以为明确的那些共性。不，说到底，我父亲和莱昂斯之间并没有任何共同点。丽莎和我母亲之间也没有。甚至可以说，这两个故事，根本就不相同。不管怎么说，我并没有任何责任。既然丽莎想……那就……我身体的下半部分开始往上抬起。变得非常轻盈。先是两只脚，然后是两条小腿，接着是大腿，最后是腰胯。现在我贴在床上的部位只剩下肩膀、颈部和头了。其他地方全都飘了起来。来回摇晃，向上牵拉，根本无法控制。我四周一片漆黑。但在应该是窗户的位置旁边，出现了一条白影。慢慢地，我分辨出一个轮廓。它在窗户和我之间。它开始移动。越来越近。似乎是个女人。她拿着个东西放在身前。一条披肩。或者是条头巾。她继续朝前走。这发式。这扭腰的动作。是我母亲。我想问她来这儿干什么，手上还搭着这么一块布料。她的脸我看不真切。但我还是有充分的时间可以看清，她那紧抿的双唇上带着一丝不怀好意的微笑。她依然在朝前走，我想说话，却发不出声音。我想起身。双腿却不听使唤。我想高声喊叫因为我已经感觉到那块布料它贴在我的脸上它勒着我的双眼我的嘴唇然后我的脖子上感受到一种巨大的压力她的身体紧压在我的身上。我惊叫着醒了过来。我认不出我的房间了。不过，像这样半夜里突然惊跳起来，对我来说也是常事。一只狗在叫。一只狐狸窜来窜去。而地板嘎吱嘎吱的响声尤为刺耳。我母亲从来就搞不清到底哪几块板会响。她跑过来把耳朵贴在我门前时，即便是赤着脚，也还是会吵醒我。我没见过这窗户。也没见过这窗帘。我房间里没有窗帘。还有墙，右侧的这面墙，实在是靠得太近了，我伸出胳膊就能碰到。我的房间比这儿要大得多。有人在敲门。敲了三下。声音很轻。蕾阿女士，蕾阿女士。讲话声也很轻。但接着调门就越来越高。我打开灯。我的床单潮乎乎的。我开了门。是值夜班的管理员。您还好吧，蕾阿女士？一切都好？您确定？我点点头向她确认，然后做了个但愿还能算是微笑的动作。我重新关上门。我当然很好。蕾阿当然很好，蕾阿一直很好。

　　好吧。我就这样对玛蒂尔德说吧。为了让她能明白。我不是那个铁石心肠、坚强自信的女人，那只是我不得不做出来的模样。她母亲与托马之间的事我是没有责任的。她父亲的死我同样没有责任。我虽然曾经是牺牲品，但我并没有因此变成刽子手。可玛蒂尔德不来了。玛蒂尔德，我知道，她再也不会来了。

毫无意识地，我把手掌贴在大腿上擦拭起来。锈痕在我裙子上留下了一道棕褐色的长纹。我的眼睛已渐渐适应了这昏暗不明的光线。我走了进去。托马和卡米耶以前住的那间房间并没有完全搬空。但留下来的东西全堆在了窗边，堵得严严实实的。那张大床现在只剩下一个已经塌陷的床绷。上过清漆的木桌上摆着面脏兮兮、变了形的镜子，镜面有一半已经从镜框里脱出。桌子下方放着个水盆和一个带柄的水罐，水罐上淡蓝色的搪瓷依稀可辨。略远处是个旧衣柜，柜门大开。柜顶的那一格里，一条叠得整整齐齐的床单被落在了那儿。灰色的霉斑下，有一片褪了色的绿色绣花，那是花体的姓名首写字母。我朝房间另一边的门走去。地板上的一根木条在我脚下裂开了。墙角里积着一堆头发和灰尘。一群蚂蚁爬来爬去。我打开门。走进了过道。里面很暗。一股年岁久远、潮湿不透气的味道。天花板上垂下来一张张蛛网，绕在悬空的光秃秃的灯泡上，从这一侧的墙一直拉到那一侧。我推开了阁楼的门。地上堆着些浅褐色的麻袋。其中有两只已经破了。撒出来不少谷粒。在一个角落里，摞着一堆木板。几只旧箱子敞开着，里面全是空的。只是在其中一只箱子的箱底铺着几张发黄的报纸。我把门重新关了起来。我一直走到过道的尽头。走到屋子正门的方向。这边是蕾阿阿姨和我父母的房间。这里的方位好多了，托马曾经这样说过，语气中还带着点不愤。蕾阿阿姨的房间里空空荡荡。墙纸上的蓝色几乎已经褪尽，但还是可以辨认出一块块几何图案，散布在相对来说更为模糊的条纹上，有些地方的墙纸都已经脱落了。松动的地板上，缝隙中积满了厚厚的尘垢。窗玻璃碎了一块，阳光透过没有关牢的百叶窗渗了进来。旁边是我父母的房间，房门半开着。我犹豫了一会儿。我回到过道上往反方向走去。很奇怪，我一点儿也不激动。我走下过道的楼梯。有两三级台阶摇摇晃晃。在一楼的走廊里，漆已一片片脱落。门下面钻进来几簇常青藤，缠在裂痕斑斑的墙面。在一根生锈的钉子上，挂着顶宽檐草帽。一双旧的橡胶靴子拖在地上，上面粘着些早已干透的泥土。客厅里空空如也。只是在一处角落里留下个茶托，茶托上堆满了淡绿色的小颗粒，有几颗还滚到了已经出现裂缝的石板上。客厅走到底，是那扇我在那几年夏天无数次推开过的房门。我打开门。床搬走了，书架不见了，衣柜也没了。蕾阿的钢琴倒是摆在里面。琴紧靠着一面墙。琴盖是翻开的。琴键上堆满了灰尘，并开始发黄。开裂的方砖地板上扔着本乐谱，乐谱的第一页被扯得破烂不堪。我将它拾了起来。我合上琴盖，用手背擦了擦灰，然后把乐谱放在琴盖上。我穿过客厅。走进厨房。左手边的那张大桌子，是我们围坐吃饭的地方。桌子当中有只花瓶，里面的花只剩下了茎秆。花瓶周围有星星点点花瓣脱落后的留痕，有些地方还堆着一小团木屑，这是白蚁缓慢侵蚀的证据。靠墙的那个旧碗柜里，每一格都用报纸垫着，上面放着些缺了口的碗碟。一把坏了条腿的旧椅子。壁炉上方，原先的那块红白方格的绣花布依然铺在架板上。架板将相邻的两面墙连在一起，当时的那些糖罐、咖啡壶、装菊苣的盒子，都还摆放在架板上原来的位置。房间的一角，一条长长的捕蝇胶带挂在天花板上，上面依然粘着些细小的虫子身体残片。在晦暗不明的光线下，整个屋子显得清凉而安静。我一动不动地看着这些残迹。它们丝毫不能触动我的心灵。这个屋子我曾经那么熟悉，现在它又重新出现在我的面前，但它再也不是我小时候每年夏天过来生活的那个屋子了。它无非只是个残存的旧影。模样已经扭曲。色泽已经褪尽。它再也印证不出当年住在这里的那些人的生活了。有生命力的屋子都能保留岁月的留痕，引发往事的记忆，而它不再具有这种气息。这只是个已经死去的地方，它再也不会呈现任何新鲜的东西。连它自己都放弃了抵抗。我回到走廊的入口。我爬上台阶。到了楼梯顶部，我长时间犹豫不决。于是，我再一次来到过道的尽头，来到屋子正门的方向。我把半开半掩的门向里推了一下。门悄无声息地打开了。一条厚重的窗帘盖在窗子上。我把帘布拉开。在房间的一个角落里，一只旧床垫被扔在地上，羊毛从里面翻露出来。旁边有只破了的玻璃杯。床头柜上摆着本书的封皮，纸被扯烂了，还在水里浸过，上面的字迹已经看不清了。靠窗的那面墙撑着那只大衣柜。我打开柜子。在柜子底部的一角，放着双莱昂斯穿过的旧靴子，皮已经磨破了，鞋底也已经磨平了。靴子旁，整整齐齐地放着几双我完全没有印象的平底轻便女鞋。另一角，则堆着一摞发黄的纸。我弯下腰。里面有旧文件，还有日期不明的剪报。我拾起这摞纸，站起身，翻了翻。账目，烹饪技法，还有果树种植推荐方法。里面夹着张锯齿边框、粗颗粒的老照片。我把翘起来的角拉平。一个年轻男子侧着脸看一个女人，而这个女人正望着镜头微笑。两个人贴得很近，手拉在一起。我拿着照片走到向光的地方。从帽子下的那张脸上我看出了莱昂斯的轮廓。他那薄薄的、稍微有点凹进去的嘴唇，还有他那坚挺的鼻梁。在他身边的并不是我母亲，而是个比他小不了多少的女人。我仔仔细细地辨认着。那眼神，那微笑，还有那发式……我仿佛看到了蕾阿阿姨的模样。但这显然是荒唐的。我继续翻看。几张图，发票，联络地址，还有些匆忙间随手记下的电话号码。我取出照片，将它塞进我的包里。我把那一摞纸放回到柜底的角落。我把一扇扇门重新关好。然后回到比先前更为阴暗的过道里。我穿过卡米耶和托马的房间。我开始下门外的那几级台阶。我像过去那样，从晃晃悠悠的那级台阶上跨了过去。我小心翼翼地避免去碰把手。天气可以说相当不错。几只乌鸦在叫。我沿着屋子背面往前走。一切都很安静。简直是太过安静了。突然，我加快了脚步。我走到谷仓旁边了。我没有停留。我沿坡而下走到小路尽头的时候，并没有转头去看屋子，通常，一旦有从此分别、不再相见的预感时，人们总会看最后一眼的。我走过了杂物棚旁的那棵大橡树。樱桃树上长满了青苔，树干也裂开了口子，一根枝条横着贴在矮墙上面。

那几棵老苹果树和老梨树都已经干枯了。我很快就认出了我来时反方向留下足迹的那条路。远处，在山脊线上方的天空中，燃烧着一条橙红的色带。我将开裂的木栅栏掩上。栅栏吱呀作响。一团灰蓝色、已经发硬的青苔在我指间化成碎末。我没有回头。我穿过了那条空无一人的公路。天色开始黑了下来，晚风中，枯干的椴树花的气味令人头昏脑涨。我打开车门。发动车子。倒车时我不禁想，没错，这就是这片焦土给我留下的最后的直观感受。浓郁的、挥之不去的椴树花的味道，而这些花从不会有人来这里摘采。

我加大了油门。但公路上坑坑洼洼的。有些地方还扬起了带着点赭石色的细尘，在半空中翻来转去。很快就是夏末了。每到这个时候就会开始下雨。坐在火边的蕾阿阿姨会把眼睛从她的书中抬起来，用一种不耐烦的口气说，玛蒂尔德，把你的靴子穿上，要不你的脚会湿的。我不喜欢穿靴子。走起路来噼里啪啦的。橡胶还会磨我的腿肚。转弯时，一只后车轮打滑了。我减慢了速度。卡米耶会继续织她的东西。时而她会抬起头，迷惘的眼神不知要飘往何方。托马可能会在林子里吧，在树上做标记，然后修剪树枝，清理林地。一团树莓挂在了车门上。一只鸟紧靠在车旁鸣叫。莱昂斯和丽莎或许在准备出发。我也马上就会走。把这个可能什么事都没发生过的夏天抛在脑后。一切重新回到原来的轨迹。玛蒂尔德，把收音机关掉，吵死了。玛蒂尔德，别咬指甲。玛蒂尔德，别发出声音了。有一次，我问莱昂斯为什么丽莎要这样对我。他没有回答。或许他也在想，为什么她要这样对他。是的，一切就要重新回到原来的轨迹了。直到那件事。车颠簸了一下，我被甩向右侧。天色更暗了。身后那条橙红的色带已变成了红色。一种掺着点紫的红色。车窗虽然开着，但还是很热。我累了。口干舌燥。公路开始沿着坡一路往下，朝山谷而去。恐惧。耻辱。这些问题，应该还是不会有答案。我来到了路的岔口。我拐向左边，往镇子的方向开去。路面的状况现在好了不少。如何才能填补那些空白。把缺失的环节逐一还原。现在已经没人了。当然其实还是有的。蕾阿。公路的两侧，立着些新盖的建筑。几座屋顶上铺着瓦楞铁皮的仓库。还有几间民宅，带着锈迹的灰泥墙面让人马上能联想到里面的钢筋。间或还能看到些破烂的、顶塌了的旧木棚。一只乌鸦在我面前飞了起来。远处的山差不多全黑了。那些夏天，每次一吃完晚饭，莱昂斯和我总会马上离开厨房里的那些人。我们会在公路上散一会儿步，要是天色不算太晚，我们还会走上那条通往高地顶点的下陷的小道。山谷里有灯光闪烁。时而还能听到打谷机的猛烈轰鸣，以及收割的人呼来喊去的声音。我们会找个地方坐下来。地上还带着点热气。我们开始聊天。我相信，我们两个人谁都不愿意回去。

又转了个弯后，我看到了镇子。我想起了它的那条主街，那一幢幢紧贴在一起的房子，那一条条狭窄的人行道。还有那几株天竺葵，火山石在花的映衬下显得更加乌黑。是的。蕾阿。只要穿过这座镇子。继续往前走。在林间开上十几公里。然后朝右边走。一条狭窄、蜿蜒的公路。顺着一片山坡延伸。二十分钟。最多半个小时。我继续开车向前。公路边有几块广告牌，上面都是吹嘘当地商业繁荣的词句。镇子当中正对着教堂的地方，有家咖啡馆。那儿的橱窗重新漆过，人行道上还添了几张桌子。我停下车。一条大狗躺在门前睡觉。店里黑乎乎的一片。最深处摆着台打开的电视机。吧台旁，三个男人坐在高脚凳上。老板在柜台后面和人谈天。我放弃了进去喝一杯的打算。已经是晚上了。我开出镇子。我想起了那张照片。毫无疑问，男人是莱昂斯。但那个女人呢。我停下车。掏出照片。这个女人。他充满爱意地看着她。柔情似水。我很少能在莱昂斯的脸上看到这样的表情。而且，他们还手拉着手。她确实很像蕾阿。她当时应该多大呢。很难说。相纸已经发黄。衣服也都是过时的。我叹了口气。不知道怎么回事，突然间，我又想起了我开始怀疑我母亲和托马的那个晚上。我重新上路。现在天色基本上已经全黑了。两束车灯的灯光离我越来越近。一辆车从我旁边开过。所有这些隐衷。我突然想到，我从来都没搞明白，莱昂斯和丽莎，他们是怎么认识的。然后是那个女人，照片上的那个女人。蕾阿她肯定都知道。他们年纪相仿。此外，还有照片背景上在莱昂斯和那个女人身后的那棵橡树。我瞅了一眼我的手表。已经不早了。老人院的那些住客都该睡了吧。要么就是在打牌。这个时候我是进不去的。但我总归可以睡在这附近。明天再去看她。她那个村子里有家旅馆。离她的老人院就一百米。我想象着旅馆里褪色的花墙纸，破破烂烂的床单，以及烟头遗留的味道。真倒霉。要这么过一夜。不管怎样，现在，她已经老了。能问出多少已经说不准了。这一段路坑坑洼洼、起起伏伏的。在晃晃悠悠的车灯灯光中，我看到一个东西从路肩那儿突然跳了出来，然后横着穿了过去。我感到一阵倦意袭来。头也开始疼了起来。远处，在右侧车道的尽头，夜色显得没那么浓郁。那是森林的尽头。在末尾几棵树后不远的地方，有一片凹下去的路面，那里就是岔口。我放慢了车速。我认出了右侧的那条小公路。狭窄。蜿蜒。沿着山坡向上攀升。我顺着路继续开了下去。